www.mayabook.co.kr

www.mayabook.co.kr

www.mayabook.co.kr

퍼펙트 마이스터

퍼펙트 마이스터 ❼

지은이 | 서야
펴낸이 | 권순남
펴낸곳 | (주)마야 · 마루출판사

등록 | 2008. 1. 7(제310-2008-00001호)

초판 인쇄 | 2016. 8. 9
초판 발행 | 2016. 8. 11

주소 | 서울시 노원구 상계 1동 1049-25 신영산업 BD 602호
대표전화 | 02-2091-0291
팩스 | 02-2091-0290
이메일 | marubooks@hanmail.net

ISBN | 978-89-280-6918-7(세트) / 978-89-280-7190-6
정가 | 8,000원

잘못된 책은 교환하여 드립니다.
저자와 협의하여 인지를 붙이지 않습니다.

「이 도서의 국립중앙도서관 출판시도서목록(CIP)은 서지정보유통지원시스템 홈페이지(http://seoji.nl.go.kr)와 국가자료공동목록시스템(http://www.nl.go.kr/kolisnet)에서 이용하실 수 있습니다.」
(CIP제어번호:CIP2016018490)

퍼펙트 마야스터

MAYA & MARU MODERN FANTASY STORY
서야 현대 판타지 장편소설

7

마야&마루

※목차※

제1장. 야쿠자와의 충돌 …007

제2장. 테러 집단의 등장 …037

제3장. 무함마드 왕자, 그리고 흔들리는 중동 …067

제4장. 재회 …099

제5장. 라이벌 …129

제6장. 여인들 …157

제7장. 김한기와 아그레스 …189

제8장. 엘르 호숫가에서 …219

제9장. 리디아를 도와라 …247

제10장. 소용돌이 속으로 …275

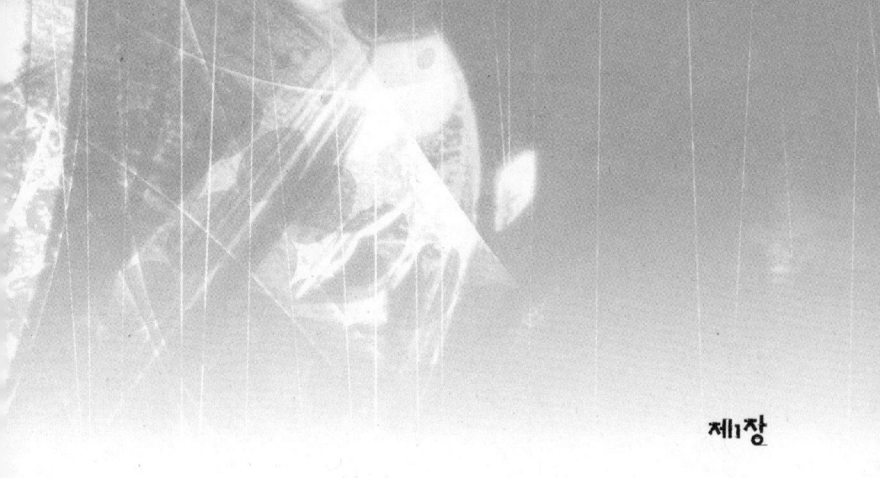

제1장

야쿠자와의 충돌

퍼펙트 마이스터

야쿠자의 사전적 의미는 'やくざ[yakuza]:너절하다는 뜻. 정당한 생활을 하지 않음. 또는 그런 사람, 불량배, 깡패, 노름꾼'이다.

화투나 골패와 비슷한 '카르타'라는 노름이 있다. 어원이 포르투칼어라니까 그쪽에서 전해진 것으로 추정된다. 1에서 10까지의 숫자가 쓰인 카드를 이용하여 게임을 하는데, 그중 삼마이(三枚) 카르타는 3장의 패를 뽑아 합이 9가 되면 최고로 친다.

패가 여덟 끗(야:八, や), 아홉 끗(쿠:九, く), 세 끗(자:三, さ)이 나와서 합계가 20이 되는 경우, 즉 8, 9, 3, 석 장을 쥐면 최악의 케이스로 야쿠자라고 한다. 아무짝에 쓸모가 없다는 뜻이다.

 그것이 폭력배를 지칭하는 은어로 변한 뒤 지금은 보통 명사로 굳어졌다.

 일본의 폭력 세계에는 3천여 개의 단체와 10만 명 가까운 야쿠자들이 활동하고 있다.

 이들 중 구치야마구미의 조직원이 그 절반을 차지할 정도로 그 힘은 매우 강하다.

 김춘추는 지금 구치야마구미의 조장인 다케카나 마사오가 있는 도쿄로 가고 있었다.

 구치야마구미의 수입은 유흥업과 풍속 산업, 파친코 등 각종 공인 도박 사업에서 뜯는 보호비가 기본이었지만 그 외에도 날만 새면 값이 오르는 부동산, 주식, 미술품들 등의 거래나 알선에 나섰다. 땅이나 주식, 미술품들을 헐값으로 사들여 되팔고, 조각상이나 연작 미술품들을 한데 모아 값을 올린 후 파는 등의 다양한 수법을 동원하고 있었다.

 특히, 플라자 합의로 인해 엔고 현상이 촉진되면서 부동산의 몸통은 순식간에 부풀어 오르기 시작했고, 당연히 구치야마구미도 부동산의 거품 현상에 한몫 기여했다.

 김춘추의 은밀한 지시로 이미 부동산 쪽으로 움직이고 있던 후지이라 가문과 부딪치는 것은 예정된 수순이라고 볼 수 있었다.

그 발단은 도쿄, 신주쿠의 빌딩을 놓고 일어났다.

이 빌딩은 원래 후지이라 가문의 소유였다.

문제는 김춘추가 중신겸족의 환생으로 후지이라 가문 앞에 나타가기 전부터 태동되었다.

한창 가문이 몰락하던 와중이라 가문의 수장인 야사시이는 동경 쪽 부동산을 정리할 계획을 구상했다. 그중 신주쿠의 이 건물도 해당되었다.

워낙 덩어리가 큰 건인지라 사전에 은밀하게 건물 매입자들을 조사하던 중, 구치야마구미 측에서 매입 의사를 타진해 왔다.

물론 정식 거래는 오고 가지 않았다. 후지이라 가문이 몰락하고 있는 것을 사전에 파악했던 구치야마구미 측은 헐값으로 이들 건물을 집어삼키려고 했으니까.

그렇게 거래가 중단된 상황에서 김춘추가 등장하고, 그 이후 후지이라 가문은 김춘추의 도움으로 오히려 땅과 건물들 매입에 적극적으로 나섰다.

호시탐탐 후지이라 가문의 부동산을 집어삼킬 계획을 가지고 접근하던 구치야마구미로서는 못마땅한 일이었다.

더구나 현 구치야마구미의 네 번째 조장인 다케카나 마사오로서는 일본 명문가인 후지이라 가문의 부동산을 전부 헐값에 잠식하여 그 위상을 떨치고자 하던 계획이 수포가 되었으니 가만히 있을 리가 없었다. 조장의 능력을 증명할

제물로 후지이라 가문을 생각하고 있던 차인지라 그도 물러날 생각이 없던 것이다.

하여, 후지이라 가문의 소유인 신주쿠 건물에서 구치야마구미 조직원들은 한바탕 소란을 떨고 있었다. 그것도 매일.

그러니 그 건물에서 장사하고 있는 자들은 죽을 맛이었고, 당연히 건물주인 후지이라 가문에 빗발친 항의가 들어왔다.

단순히 보호비를 주지 않아서 생기는 일이 아니었다. 건물을 헐값에 집어삼키려는 의도가 숨어 있었다.

김춘추는 도쿄역에 내려 건너편에 있는 일본 도쿄 경제의 중심부인 마루노우치로 향했다.

'일본 경제의 심장부라고 할 만하군.'

마루노우치에는 일본 은행들의 본점이 전부 집중되어 있었다. 그 외에도 일본 유명 기업들의 간판이 줄줄이 보였다. 다만 아쉬운 것이 있다면 이곳의 건물들이 전부 낙후되어 있다는 사실이었다. 오랜 역사만큼 건물에도 세월의 흔적이 역력하게 남아 있었다.

'흠, 괜찮겠어.'

건물들을 꼼꼼하게 살피던 김춘추의 얼굴에 한 줄기 미소가 떠올랐다.

일본의 부동산 거품이 이제 한창 피어오르기 시작했다고 해도 이곳의 건물들이 초호화 건물로 재개발된 이후에 갖게 될 가치와는 비교할 수 없다.

즉, 투자 가치가 충분하다는 것을 눈으로 직접 확인한 셈이었다.

엔고 현상으로 인해서 수출이 불황을 맞게 되어 일본 최대의 은행이 도산을 하는 등의 소란스러운 분위기였지만, 되레 김춘추는 일본의 저력이 만만치 않다는 것을 확인했다. 하여, 수출 분야가 저조하더라도 비수출 분야는 오히려 성장세를 보일 것이라고 결론 내렸다. 더구나 일본 정부가 온 힘을 다해서 수출 분야가 급격히 하락하는 것을 막아 낼 것이다. 금리 인하 등 여러 가지 정부로서 노력을 할 테니. 조만간 수출 분야도 안정을 찾을 것이라고 보았다.

'왕자님이 좋아하시겠네.'

김춘추는 무함마드 왕자를 떠올렸다.

무함마드 왕자는 김춘추의 권유로 도쿄, 특히 이곳 마루노우치에 있는 금융 회사들이 재정 적자로 허덕여서 내놓은 본점 건물들을 적극적으로 구입했기 때문이다.

물론 김춘추 그 자신도 구입했지만. 어쨌거나 건물 구입 자금을 마련하느라 사우디아라비아에 있던 자신의 재산 전부를 다 털어 넣어야 했던 결정이 아깝지 않았다.

"혼다이 투자은행?"

김춘추의 발길이 멈춘 곳은 5층짜리 낡은 회색빛 건물 앞이었다.

구치야마구미의 도쿄 지부가 있는 곳으로, 투자은행의 간판을 허울 좋게 쓰고 있었지만 실상은 고리대금업이었다.

저벅저벅.

김춘추는 거침없이 건물 안으로 들어가 낡은 계단을 올라갔다. 건물 안은 곰팡이 냄새가 풍겨 날 정도로 제대로 관리조차 안 되어 있었다.

김춘추가 막 3층에서 4층으로 이어지는 계단을 오르려고 할 때였다.

"누구십니까?"

검정색의 양복을 빼입은, 제법 어깨를 쓸 것 같은 건장한 사내 둘이 어디에서 나타났는지 김춘추의 앞을 막고 정중하게 물어 왔다.

야쿠자는 마피아나 카르델과 외적인 면에서 차이가 난다고 하더니. 이곳이 야쿠자 조직이라는 것을 몰랐다면 이들을 야쿠자라고 생각하지도 못했을 것이다.

기본 매너와 행동, 옷차림새가 확실히 여타 조직 폭력단과는 차원이 달랐다.

김춘추가 상대의 눈을 똑바로 쳐다보면서 말했다.

"다케카나 마사오를 뵈려고 왔습니다."

"약속되어 있습니까?"

두 사내 중 한 사내가 다시 물어 왔다.

"아닙니다."

김춘추는 당당하게 고개를 저었다.

순간, 그의 앞에 서 있는 두 사내의 눈에 황당한 빛이 떠올랐다.

이곳이 어떤 곳인지 잘 알면서 온 듯싶은데. 상대가 너무도 당당하다. 더구나 약속조차 되어 있지 않는 상태에서 말이다.

이런 부류는 딱 두 가지.

첫 번째, 조장과 아주 친한 사이거나.

두 번째, 시비를 걸기 위해서 온 자이거나.

첫 번째의 경우에는 조장의 부하들인 그들이 상대의 이름과 얼굴을 모를 리는 없다.

그렇다면 이 경우는 두 번째에 해당된다는 뜻이었다.

그들은 서로 한 번 얼굴을 쳐다보고는 김춘추에게 재차 물었다.

"무슨 용건으로 찾아오셨습니까?"

"신주쿠 일이라 전하시죠."

김춘추가 슬쩍 미소를 지면서 대답했다.

"신주쿠?"

두 사내는 서로 얼굴을 마주 보았다.

조직 내 일을 이들이 전부 아는 게 아니다. 더구나 상대는 지나치게 당당했다.
한 사내가 다시 입을 열었다.
"성함이 어떻게 되십니까? 상부에 보고하고 오겠습니다."
"김춘추. 후지이라 가문의 대리인으로 신주쿠 일을 논하러 왔다고 전하시죠."
"아……."
한 사내가 낮게 신음을 흘렸다. 하지만 이내 정색을 하고는 다른 사내에게 신호를 보냈다.
후지이라 가문은 일본 내에서 유명한 가문이다. 비록 지금은 과거의 영광을 잃었다고 하나 명문 가문을 그들이 왜 모르겠는가. 일반인들보다 야쿠자인 이들이 일본의 유명 가문에 대해서는 더 잘 알 터였다.
"잠시만 기다리십시오."
한 사내가 다급히 계단을 오르고, 다른 사내가 김춘추 앞에서 미동도 없이 서 있었다.
김춘추 역시 더는 아무런 말을 하지 않은 채 무표정하게 서 있었다.

사내는 그길로 5층까지 올라가, 다케카나 마사오의 비서에게 상황을 전했다.

"후지이라 가문에서 대리인을 보내왔습니다."

비서는 재빨리 그간 후지이라 가문에 관련한 정보를 담은 파일들을 챙겨서 다케카나 마사오에게 보고했다.

"흠."

탁.

다케카나 마사오는 파일들을 열자마자 다시 덮었다. 이미 후지이라 가문의 소유 부동산에 관해서는 잘 아는 내용이었기 때문이다.

1984년 조장이 된 지 이제 겨우 2년.

그사이 그가 조장이 된 것을 마땅찮게 여긴 다수의 조직원이 탈퇴해서 일우회를 만들었다.

지금 그는 어떻게 보면 사면초가에 놓여 있는 셈이었다. 내부의 적인 일우회와 싸워야 했고, 그 외 다른 야쿠자 조직들과도 매일 전투 상황이었다.

이는 보통 조직의 수장이 바뀔 때마다 벌어지는 풍경이기도 했다. 조직 내부가 완벽하게 장악되기 전, 바로 그때가 새로운 조직이 들어오기 가장 좋을 때니까 말이다.

몰락하는 후지이라 가문의 부동산을 집어삼켜서 자신의 위치를 공고히 하려던 그에게 오히려 후지이라 가문의 적극적인 부동산 투자가 방해가 되고 있었다.

정통 명가를 상대로 복수하기란 쉬운 일은 아니었다. 하지만 이대로 손 놓고 있을 수만은 없다.

제대로 본보기를 보여 줄 생각을 하고 있던 참인데, 제 발로 걸어 들어온 셈이었다.

하지만 뭔가 좀 탐탁지 않다.

"뭔 수작이지?"

다케카나 마사오의 짙은 눈썹이 꿈틀거렸다.

"어떻게 할까요?"

구치야마구미 조장의 비서이자 서열 7위인 이케나와 스로이가 물었다.

"지금 어디 있지?"

"3층과 4층 사이 계단 통로에 있습니다."

"일단 겁 좀 줘 봐. 실력을 봐야지."

다케카나 마사오의 얼굴 위로 묘한 미소가 떠올랐다.

◈ ◈ ◈

김춘추는 시종일관 여유로운 자세로 자신의 앞에 서 있는 야쿠자들을 바라보았다.

좁은 계단 통로에는 5명의 야쿠자들이 김춘추를 노려보면서 대치한 상태였다.

예상대로다. 구치야마구미의 조장인 다케카나 마사오를 쉽사리 만날 수 있을 거라고는 예상치 않았다.

"손님 접대가 제대로군."

김춘추가 비꼬았다.

"누가 손님인지 모르겠군."

그러자 이케나와 스로이가 실소를 머금은 채 말했다. 그러면서 그는 좌우에 서 있는 부하들에게 신호를 보냈다.

그와 동시에 김춘추를 향해서 제일 앞에 있던 사내의 몸이 움직이는가 싶더니 전광석화 같은 주먹이 내질러졌다.

하나, 김춘추가 이대로 당할 사람은 아니었다.

그는 상대의 주먹을 맨손으로 잡았다. 굳이 아까운 마나를 써 가면서 신체 강화 마법을 사용할 필요조차 없었다. 이미 그의 신체는 지구 내에서 보자면 최강에 가까웠던 것이다.

퍽.

주먹을 내질렀던 사내의 눈동자가 동전만 해진다.

과거 복싱을 했던 경험자로서 그의 주먹은 거리에서 제법 이름을 날렸다. 게다가 상대가 준비할 틈도 없이 움직이는 그의 몸놀림은 제법 인정을 받고 있었다.

그런데 김춘추는 그의 주먹이 날아오기를 기다렸다는 듯이 아주 여유롭게 막았다.

아니, 막은 것뿐만 아니라 오히려 그의 주먹을 잡고 놓아 주지 않았다.

"끄응."

사내의 얼굴 위로 붉은 핏줄이 솟아오르기 시작했다.

그러나 김춘추의 손아귀에 잡힌 그의 손은 빠져나올 줄을 몰랐다.

'저럴 수가.'

이케나와 스로이의 얼굴에도 긴장의 빛이 떠올랐다.

적어도 이 건물 내에 있는 부하들에 대해서는 그는 개개인 전부의 장단점을 잘 알고 있었다.

지금 김춘추를 공격한 사내의 장점은 센 주먹과 빠른 몸놀림이다. 그런데 되레 당하고도 속수무책이라니.

그는 재빨리 다른 부하들에게 눈짓을 보냈다. 그러자 2명의 사내가 동시에 김춘추를 향해서 무차별하게 공격해 왔다.

모두가 무술의 달인이었다.

타탁.

순간, 김춘추는 재빨리 주먹을 잡고 있던 사내를 그들 편으로 던졌다.

사내는 맥없이 동료들 사이로 떨어졌다. 가공할 만한 힘이었다. 성인 사내, 그것도 힘이라면 어디 가서 빠지지 않는 자를 인형인 양 쉽게 내던져 버리다니.

하지만 야쿠자들은 김춘추의 무술 실력이나 힘을 구경할 여유가 없었다. 20대를 갓 넘어 보이는 앳된 얼굴에 후리후리한 몸매의 상대방에게 한 명이라도 진다는 것은 이들에게 있을 수 없는 일이었다.

사실 비서인 이케나와 스로이에게 처음 보고를 하던 사내는 김춘추의 외모만 보고 단순한 대리인, 말 그대로 변호사나 행정사 같은 직업을 가진 자라고 판단했었지 설마 이렇게 뛰어난 무술 실력을 갖고 있으리라고는 그 누구도 생각지 못했다.

그런데도 이케나와 스로이가 5명의 사내를 데리고 나타난 것은 단순히 위협을 하기 위해서였다. 후지이라 가문에 제대로 된 본보기를 보여 주려 한 것이다.

그런데 맥없이 한 놈이 당했다.

그러니 뒤이어 나서는 이들로서는 김춘추의 실력 따위 감탄할 새가 전혀 없었다.

이들에겐 김춘추, 혹은 후지이라 가문보다 그들의 조직이 내리는 추궁이 더 무서웠던 탓이다.

"하압!"

한 놈이 소리를 지르면서 김춘추의 머리통을 가격해 들어왔다. 동시에 다른 놈이 허리를 낮춰 김춘추의 다리 쪽으로 휘감아 오고 있었다.

위로든, 아래로든 피할 곳이 전혀 없었다.

타악.

탁!

"허억!"

"으악!"

김춘추는 재빨리 자신의 머리통을 향해 날아오는 놈의 구부러진 가슴팍에 주먹을 휘갈기는 동시에 다리를 거는 놈의 다리를 허벅지로 쳐냈다.

그의 힘은 실로 대단했다. 오크를 맨손으로 때려잡을 수 있을 정도가 아닌가. 그러니 아무리 무술로 단련되었다고 해도 야쿠자 조직원들이 이길 수 있는 상대가 아니었다.

김춘추의 허여멀건 앳된 얼굴, 늘씬한 몸만 보고 우습게 여긴 야쿠자들은 순식간에 그대로 뒤로 밀려나 계단 벽면으로 나가떨어졌다.

이어 또 다른 두 놈이 공격해 들어왔지만, 이들 역시 제대로 된 공격도 못하고 김춘추의 주먹 한 방에 무릎을 꿇어야 했다.

"당신을 어떻게 할까?"

김춘추가 이케나와 스로이를 보면서 씨익 웃었다.

"……"

구치야마구미의 비서답게 이케나와 스로이는 이 상황에서도 제법 침착했다.

그는 바닥에 널브러진 부하들을 보면서 눈썹을 꿈틀거렸다.

실수다. 명백한 그의 실수였다.

상대의 외모만 보고 실력을 낮게 생각한 것은 조장의 비서로서 크나큰 실수였다.

이윽고 그가 입을 열었다.

"따라오시죠."

이케나와 스로이가 먼저 계단을 올랐고, 김춘추는 말없이 그 뒤를 따랐다.

'전혀 거리낌이 없군.'

이케나와 스로이는 김춘추의 태도, 방금 5명의 야쿠자들과 싸웠음에도 호흡조차 변함없는 그를 보면서 내심 놀라워했다. 그리고 다케카나 마사오 조장이 왜 그가 이길 경우 데려오라는 말을 했는지 이해가 되었다.

썩어도 준치.

후지이라 가문이 가세가 기울었다고는 하나 일본 내 오랜 전통의 가문, 한때는 일본을 좌지우지했던 곳이 아닌가.

그런 가문에서 보내온 자이니만큼 예사 인물이 아니었나 보다.

'닌자를 보냈나.'

이케나와 스로이는 어느새 자신의 옆에 서서 걷는 김춘추의 모습을 힐끔힐끔 쳐다보았다. 하지만 이내 고개를 저었다. 뛰어난 무술 실력은 그렇다 치고, 행색이나 겉보기는 닌자처럼 보이지 않았다.

보통 닌자들은 키와 몸집이 작아서 한곳에서 오래 염탐을 할 수 있고, 매우 날쌔게 움직인다.
 그런데 김춘추는 닌자라고 하기에는 키가 컸고 몸집 또한 보기 좋은 근육들이 제법 붙어 있었다. 우락부락하진 않았으나 그가 움직일 때마다 셔츠 안으로 자잘한 근육들이 느껴진다.
 게다가 외모는 여자들의 이목을 끌 정도로 잘생겼다. 따라서 아무리 무술이 뛰어나다고 해도 닌자로서는 실격이었다.
 잔근육들이 보기 좋게 붙은 몸매만 보면 무술 훈련을 한 사람 같은데, 외양은 처음 보고했던 부하의 표현대로 평범한 직장인, 아니 연예인이라고 해도 믿을 정도였다.
 '이자의 정체는 대체 뭐지?'
 이케나와 스로이는 김춘추에 대해서 흥미가 생겨났다.

 김춘추가 안내된 곳은 아주 널찍한 장소였다.
 한쪽 벽면에는 일본도가 가지런히 걸려 있었고, 다른 벽면들은 거울들로 채워져 있었다.
 이곳은 야쿠자들의 훈련 장소였다.
 그런 곳에 다케카나 마사오가 가부좌를 한 상태로 혼자 정중앙에 앉아 있었다.
 반백의 나이가 무색하게 다케카나 마사오는 꽤나 젊어 보였다. 유카타를 입은 그의 몸은 보이지 않지만 강철 같은 근육으로 감싸여 있었고, 옷소매에 드러난 팔목 등에는 용 문신이 새겨진 게 보였다.

"반갑네."

다케카나 마사오는 김춘추를 향해서 미소를 지으며 입을 열었다.

"처음 뵙습니다."

김춘추는 가볍게 목례를 했다.

이케나와 스로이는 무어라 말을 하려고 했지만, 다케카나 마사오의 눈짓에 조용히 자리에서 물러났다.

"후지이라 가문의 대리인이라고?"

다케카나 마사오가 물었다. 너무도 당연한 질문이었다.

"평소 몸 단련도 한 대리인이죠."

김춘추가 씨익 웃는다. 그의 질문에 내포된 뜻을 잘 알고 있었기 때문이다. 그가 보낸 다섯 부하들을 주먹 한 방씩에 제압하지 않았던가.

김춘추는 흔히 말하는 일반적인 대리인이 아닌 것이다.

"대리인은 대리인이라는 건가?"

"그렇죠."

다케카나 마사오는 고개를 끄덕였다.

하늘 아래 사람은 많다. 그중 날고 기는 실력자들은 얼마든지 존재한다. 단지 머리만 좋거나 힘이 센 자만이 있는 것이 아니라는 뜻이다.

머리와 몸, 외모, 지혜, 돈 등등. 이 모든 것을 전부 가진 사람들도 있다. 그런 자들에 의해서 세계는 암암리에 돌아간다.

"젊군."

"올해 스물이니 당연하죠."

"놀랍군."

다케카나 마사오의 눈빛이 흔들렸다.

이제 겨우 20살을 가문의 위기 상황에서 대리인으로 보내다니.

또한 이곳은 단순히 힘만 센 놈을 보낼 곳도 아니었다.

게다가 가부좌를 하고 있는 자신의 앞에 아무렇지도 않게 다가와서 마주 앉는 젊은이의 눈.

그 눈빛은 절대 갓 20살의 것이 아니었다.

반로환동한 고수라도 이런 눈빛을 가질 수는 없을 정도로 깊었다.

보통 사람의 눈을 가리켜 마음의 창이라고 하지 않는가. 그런데 이 젊은이의 눈 속에서는 그 무엇도 읽히지 않았다.

일본 최대의 야쿠자 조직에 와서 이토록 태연하다니. 과연 후지이라 가문에서 보낸 대리인다웠다.

썩어도 준치라더니. 어디다 이런 인재를 숨겨 두었을까?

다케카나 마사오의 머리가 절로 흔들어졌다.

"이름은?"

"알 거 없고."

김춘추가 다케카나 마사오를 향해서 하얀 이를 드러내 보이며 웃었다.

"갑자기 왜 반말을 하지?"

다케카나 마사오가 기막혀 하면서 물었다. 그러자 김춘추가 심드렁하게 대꾸했다.

"네놈이 자꾸 반말하잖아."

다케카나 마사오는 어이가 없었다.

자신을 향해서 저렇게 말할 수 있는 자가 일본에 있을까?

뒤에서 욕을 하든 어떻든, 집 나간 일우회 놈들도 자신의 앞에서는 입도 제대로 놀리지 못했는데.

자신이 반말을 한다는 이유로 같이 반말을 하겠다는 저런 배짱을 가진 놈은 여태껏 만난 적이 없었다.

다케카나 마사오가 김춘추를 다시 한 번 주의 깊게 살펴보고는 입을 뗐다.

"후지이라에서 싸움꾼을 보냈나?"

"아까도 말했는데. 평소 몸 단련 좀 한 대리인이라고."

"직접 눈으로 봐야겠군. 네놈이 나한테 반말할 자격이 있는지."

말을 마치면서 다케카나 마사오가 몸을 일으키자, 김춘추도 따라 일어섰다.

다케카나 마사오는 한쪽 벽면에 걸린 일본도를 집어 들었다. 그러고는 김춘추를 향해서 말했다.

"자네도 하나 고르지."

그렇게 말하면서 다케카나 마사오는 일본도를 위로 세웠다. 순간 빛에 반사되어 일본도가 더욱 찬란하게 반짝였다.

다케카나 마사오는 심호흡을 하고는 일본도를 양손으로 마주 잡았다. 칼날이 예리한 일본도는 금방이라도 김춘추의 목을 향해서 날아올 것만 같았다.

김춘추는 일본도를 든 다케카나 마사오를 가만히 바라보았다.

"왜 안 들지?"

다케카나 마사오가 비릿한 미소를 지었다.

"난 됐어."

"설마 도망칠 생각은 아니지?"

다케카나 마사오의 도발에도 김춘추는 심드렁한 표정이었다.

"아니, 그냥 싸울 거야."

"봐주지 않을 거야. 그러니 검을 들어."

다케카나 마사오가 마지막 배려라는 식으로 말했다.

"글쎄, 죽으면 안 되니. 참 곤란한 문제네."

그의 말에는 아랑곳없이 김춘추는 고개를 저었다.

다케카나 마사오는 어이가 없다는 표정을 지었다. 김춘추의 말이 이해가 안 됐다.

검을 들고 있는 것은 자신이다. 이것만으로도 절대적으로 다케카나 마사오가 유리했다. 더구나 반평생에 가깝게 일본도를 들고 단련하지 않았던가.

"내가 죽는다고 해도 후환이 없으니 걱정 마라."

다케카나 마사오는 김춘추의 말을 잘못 이해하고 있었다.

"그건 문제도 아니고."

김춘추가 고개를 다시 한 번 저었다.

'뭐 저런 놈이 있지?'

김춘추와 말을 섞으면 섞을수록 더욱 그가 이해가 되지 않았다.

"그냥 싸우지."

결국 김춘추가 말했다.

"용기는 가상하군."

그렇게 말하면서 다케카나 마사오는 양손으로 잡은 일본도를 살짝 위로 들었다.

김춘추가 물었다.

"더 할 말 없지?"

"네놈의 만용이 얼마나 갈지 보자."

대꾸하는 동시에 다케카나 마사오의 발이 재빨리 움직였다.

다다닥다닥.

김춘추는 여전히 미동도 없었다.

다케카나 마사오는 김춘추를 봐줄 마음이 전혀 없었다.

검을 들지 않은 것은 상대의 실수.

대리인을 보냈으니, 충분한 답을 줘야 하는 것이 인지상정.

다케카나 마사오가 든 일본도가 허공 위에 뿌려지더니 김춘추의 목을 향해서 날아왔다.

샤샤샥. 휙.

일본도는 화려한 움직임을 보이면서 단숨에 공간을 베었다.

공간을 베었……?

다케카나 마사오의 두 눈이 휘둥그레졌다.

응당 그 자리에 있어야 할 김춘추가 보이지 않는다. 이 상황에서 김춘추가 아무리 도망친다고 해도 그의 눈앞에 보이지 않을 수는 없다.

"나 여기 있어."

김춘추가 그의 등 뒤에서 말했다.

그 말을 듣는 순간, 다케카나 마사오는 소름이 끼쳤다. 김춘추가 움직이는 것을 전혀 보지 못했기 때문이다.

하지만 이대로 당할 그가 아니었다. 그는 느리게 몸을 움직이는 척하더니 손에 든 일본도를 그대로 소리가 나는 쪽으로 찔러 들어갔다.

그러나 허무하게도 일본도는 다시금 허공만을 베었을 뿐이다.

"여기 있는데?"

김춘추가 이번엔 다케카나 마사오의 옆에서 말했다.

"……."

다케카나 마사오의 얼굴이 시뻘게졌다.

그는 연이어 김춘추를 향해서 일본도를 휘둘렀다. 하지만 돌아오는 것은 허공을 베는 소리뿐.

세 번, 네 번, 다섯 번…….

다케카나 마사오는 계속해서 소리가 들려오는 곳을 향해서 일본도를 휘둘렀다. 하지만 아무 소용없었다.

'이대로는 승산이 없다.'

다케카나 마사오는 아랫입술을 깨물었다.

상대가 너무도 신출귀몰했다. 꼭 귀신에 홀린 것만 같았다.

그는 두 눈을 부릅뜨고 김춘추를 노려보았다. 심지어 일본도를 휘두를 때도 마찬가지였다.

하지만 김춘추가 움직이는 모습을 전혀 볼 수가 없었다.

어느 순간 그의 등 뒤, 옆, 앞에서 나타났다. 마치 공간 이동이라도 한 것처럼.

결국 다케카나 마사오가 숨을 고르면서 으르렁댔다.

"너 초능력자야?"

김춘추는 고개를 저으며 대답했다.

"여전히 물어보는 태도가 꽤 건방지네."

"오늘이 네 제삿날이다."

그의 말에 김춘추가 나지막이 대꾸했다.

"언젠간 죽겠지. 그런데 오늘은 아닌 것 같아."

약이 오른 다케카나 마사오는 사정없이 일본도를 휘둘렀다.

김춘추가 서 있는 곳이든 아니든.

자신의 양옆, 뒤, 앞…….

휘휘휙.

일본도는 바람을 가르고 정신없이 허공을 베어 갔다.

그만큼 다케카나 마사오의 이마에도 굵은 땀이 송골송골 맺혔다.

하나, 김춘추는 여전히 신출귀몰했다.

이 광경을 보는 이케나와 스로이는 안절부절못했다.

김춘추의 실력이 뛰어나다는 것은 이미 알고 있었다. 하지만 검술로서 조직 내 1위이며 일본에서도 세 손가락 안에 드는 조장이 일방적으로 밀리는 모습을 직접 눈으로 보니 믿겨지지가 않았다.

상대는 검조차 들고 있지 않았다. 그러니 상대가 마음먹고 조장을 습격하기라도 한다면…….

온몸에 소름이 돋았다.

이미 조장은 죽은 목숨이었다. 따라서 지금 이케나와 스로이가 나설 자리가 없었다. 괜히 나섰다가 되레 조장에게로 불똥이 튈 수도 있는 것이다.

처음부터 독대를 하는 것이 아니었는데. 조장이 독대를 명령하더라도 자신이 막았어야 했는데.

이케나와 스로이는 비서로서 자신의 행동이 실격이라고 자책했다.

그 사이.

"헉, 헉."

어느새 다케카나 마사오는 자신도 모르게 거친 호흡을 내뱉었다.

"이만 정리해 주지."

김춘추가 말했다.

'정리?'

다케카나 마사오는 그 말의 뜻을 이해하지 못했다. 아니, 이해하기도 전에 그의 일본도가 허공을 가르다가 김춘추의 손에 걸려들었다.

타악.

일본도는 다른 검에 비해서 예리하고 날카롭다.

그런데 눈앞의 젊은이는 아무렇지도 않게 그 일본도를 한 손으로 붙잡고 있었다.

"하악!"

다케카나 마사오는 순간 기합을 내질렀다.

전력을 다해서 자신의 힘을 일본도에 집중했다.

하지만 일본도는 김춘추에 의해서 꼼짝도 하지 않고 그저 허공에 머물러 있었다.

"……."

그는 눈으로 보고도 지금 이 상황을 믿을 수가 없었다.

자신의 일본도가, 그 일본도가 꼼짝도 하지 않는다. 반면 젊은이는 가벼운 물건을 손에 든 것처럼 일본도를 잡고 있었다.

승산이 없다.

다케카나 마사오는 일본도를 잡았던 손을 놓았다. 동시에 김춘추도 손을 풀었다.

타앙.

일본도가 경쾌한 소리를 내면서 바닥에 떨어졌다.

"이래서 일본도를 들지 않았던 건가?"

다케카나 마사오가 물었다. 여전히 그의 호흡은 거칠었다.

"으음?"

김춘추가 이해 못한 듯이 고개를 갸우뚱거렸다.

"날 죽이기 싫어서 일본도를 들지 않았던 거냐고 물었다."

김춘추가 고개를 끄덕였다.

"뭐, 그것도 이유라면 이유지."
"이유라면 이유?"
다케카나 마사오는 순간 허무함이 몰려왔다.
눈앞의 젊은이는 절대로 이길 수 없는 상대다.
자신을 죽이기 싫어서 일본도를 들지 않았던 상대. 만약 그가 마음만 먹었다면 지금 이 마룻바닥에서 뒹굴고 있는 일본도 옆에 다케카나 마사오도 함께 뒹굴고 있을 것이다.
"네놈이 죽으면 그 뒷수습도 바빠지잖아. 그런데."
"그런데?"
"나 시간이 없거든. 좀 바빠."
김춘추가 어깨를 한 번 으쓱거렸다.
"시간이 없어?"
다케카나 마사오는 기가 막혔다.
시간이 없어 자신을 죽이지 않았다니.
뭔가 허무하다. 아주 허무하다.
망연자실한 다케카나 마사오의 앞에서 김춘추는 여유로운 미소를 짓고 있었다.
힘의 세계에선 힘이 최고다.
다케카나 마사오의 완벽한 패배였다.

제2장

테러 집단의 등장

털썩.

다케카나 마사오는 마룻바닥에 무릎을 꿇었다. 그런 그의 태도에 김춘추가 의아한 듯이 물었다.

"뭐해?"

"네놈이 이기지 않았던가? 그러니 날 마음대로 해라."

다케카나 마사오는 바닥에 뒹굴고 있는 일본도를 가리키며 말했다.

그러자 김춘추가 기가 막힌다는 듯이 중얼거렸다.

"지금이 중세 시대도 아니고. 거참."

"무슨 뜻이지?"

"내가 원하는 것은 딱 한 가지야. 후지이라 가문 근처에

얼씬도 마."

다케카나 마사오는 의아한 눈빛을 띤 채 물었다.

"겨우 그것뿐인가?"

"명색이 명문가인데, 너희 같은 조직을 삼켜서 뭐해?"

"명문은."

망해가는 후지이라 가문을 떠올린 다케카나 마사오는 자신도 모르게 피식 웃었다.

물론 요즘 어딘가 자금줄이 흐르고 있는 모양새이긴 했다. 하지만 아무리 뒷구멍을 쑤셔 봐도 자금의 출처를 밝히지는 못했다.

신주쿠 건물을 뺏기지 않으려고 어디선가 초인을 데려왔는지 몰라도, 그렇다고 해서 후지이라 가문이 다시 세를 얻는 것은 아니다.

"지금은 그렇지."

김춘추는 덤덤하게 말했다. 다케카나 마사오의 반응이 마음에 들었다.

일본 내 서열 1위라는 야쿠자 조직에서도 후지이라 가문이 현재 펼치고 있는 부동산 사업에 대해서 잘 알지 못한다.

물론 조만간 드러나겠지만, 현재로서는 매우 흡족했다.

처음부터 너무 드러나면 가문이 힘을 얻기도 전에 적들이 많이 생겨나는 법.

상대의 방심은 이쪽의 힘을 다지는 데 아주 좋은 기회가 된다.

"후지이라 가문에 대해서는 이 시간부로 손을 뗀다."

다케카나 마사오가 비장한 어투로 말했다.

"영원히 손 떼."

"나, 다케카나 마사오가 조장으로 있는 한 그 약속은 지킨다."

"다음 조장이 어떻게 하던 간에 알 바가 아니다 이건가?"

"내 뒤의 조장까지는 약속하지 못하겠다."

"됐어, 그 정도면. 이제 조장 된 지 2년이라며?"

"……."

"오래 해 먹어라."

김춘추가 씨익 웃었다.

"나도 그러길 바라지."

"일우회만 아니면."

"알고 있군."

다케카나 마사오의 얼굴 위로 순간 한 줄기 어두운 그늘이 서렸다.

"이 바닥에서는 다 알 텐데."

"나를 도와줄 텐가?"

"아니. 조직의 일은 알아서 해. 그런데."

"그런데?"

다케카나 마사오가 의아한 표정으로 김춘추를 바라보았다.

"나라에서 일우회 놈들이 하도 우리 가문을 귀찮게 해서 손 좀 썼거든. 별거 아니던데. 네가 오래 해 먹을 수 있겠어."

"아."

다케카나 마사오는 순간 무언가 떠올렸다.

어제의 보고였다.

일우회 나라 지부가 어떤 이유에선지 폐쇄되었다고 들었다. 그 연유를 알지 못해서 부하들을 풀었는데, 지금 눈앞의 젊은이라면 야쿠자 지부 하나쯤이야 순식간에 날리는 것은 문제도 아니었다.

두 사람 사이의 대화를 듣고 있던 이케나와 스로이 역시 경악에 찬 눈빛으로 김춘추를 바라보았다.

저런 초인을 못 알아보다니. 외모만으로 상대를 파악한 그의 실수였다.

다케카나 마사오가 김춘추를 보면서 물었다.

"초능력자? 초인……?"

그도 일본 내 숨어 있는 초인이 몇 명쯤 있다는 것은 알고 있다.

하지만 그런 초인들은 숨어 지낼 뿐 세상사에 관여하지 않는다. 아무리 야쿠자가 설치는 세상이라도 해도, 일본이 현재 엔고 현상으로 인해서 경제 비상이 걸려 난리가 났다고 해도 말이다.

"한국인 사업가일 뿐이야. 어떻게 하다 보니 후지이라 가문의 대리인도 맡고 있지."

김춘추는 무심한 어조로 말했다.

어차피 그가 한국인이라는 것은 조만간 이들도 알게 될 것이다. 사업이 점점 커지다 보면 자연스럽게 신문 기사에 오르내릴 수도 있기 때문이다.

이미 한두 번 사업상의 이유로 그의 얼굴이 신문에 실린 적도 있었다.

그러니 한국과 가장 가까운 일본에서도 그의 얼굴이 팔리게 되는 것은 시간문제였다.

"한국인이라니."

다케카나 마사오의 얼굴에 언뜻 수치스럽다는 빛이 떠올랐다. 하지만 이내 그는 평정을 되찾았다.

상대가 한국인이든 일본인이든 그는 졌다.

그것도 완벽한 패배.

그러니 더 무슨 말을 하리오.

"이제 그만 가 봐야겠어. 네 다음 조장까지는 모르겠다. 그때 가서 또 족치면 되지."

김춘추는 그렇게 말하고는 몸을 돌렸다.

다케카나 마사오는 순간 자신의 다음 조장이 될 그 누군가가 진심으로 불쌍해졌다.

그때였다.

다급하게 올라오는 발소리와 함께 한 사내가 허겁지겁 대련실로 들어왔다.
"급, 급한 일이 생겼습니다!"
"무슨 일이지?"
이케나와 스로이가 먼저 부하에게 물었다.
그사이 다케카나 마사오는 재빨리 무릎 꿇은 자세를 풀었다. 아무리 김춘추에게 패배했다고는 하나, 그의 최측근인 이케나와 스로이 외 다른 부하들에게 이런 모습을 보여줄 수는 없었다.
김춘추 역시 나가려던 발걸음을 멈추고 아직도 입에 거품을 물고 있는 사내를 바라보았다.
안 그래도 사내가 올라오는 발소리가 이상하게 신경에 거슬렸던 참이었다.
게다가 이 건물 주변 일대가 무척 소란스러웠다.
'무슨 일이 생긴 거지?'
김춘추의 의아함은 곧 풀어졌다.

"JRA가 지금 이노카 건물에서 상인들과 시민들을 붙잡고 있습니다."
"뭐라? JRA가."
부하의 보고를 듣자마자 다케카나 마사오가 분개해서 자리에서 벌떡 일어났다.

'JRA?'

김춘추는 곧 그것이 일본 공산당 연맹에서 탈퇴한 후사코 시게노부에 의해서 1960년대 말 창설된 일본 내 테러 조직을 지칭하는 것임을 깨달았다.

테러리즘을 통해서 맑스-레닌주의 전 세계 혁명을 달성하고, 일본의 제국주의에 반대한다는 정치적 목표를 내걸고 무차별적인 공격을 하는 단체였다.

하지만 1970년대 중반 이후부터 JRA에 의한 테러리즘은 사라지기 시작해서 모두의 기억에서 점점 잊혀 가고 있지 않았던가.

이제 와서 JRA가 다시 고개를 드는 이유는?

김춘추의 머릿속은 그 원인을 찾기 위해서 재빠르게 회전했다.

테러 단체가 일본 내에서 다시 활동한다는 것은 후지이라 가문을 위해서도 좋지 못했다.

언제든, 어느 가문이든 일본 내 세도가는 전부 JRA의 타깃이 될 수 있을 테니.

김춘추는 일단 사태를 관망하기로 했다.

다케카나 마사오의 태도로 보아서 그들도 JRA를 반기는 것은 아니었으니까.

야쿠자가 다른 나라의 조직폭력배나 테러 단체들과 다른 점이 바로 그것이 아닌가.

이들은 자신의 영향권에 있는 사람들 보호를 최우선으로 한다.

"이노카 건물에 있는 사람들은?"

이케나와 스로이도 다급하게 물었다.

"1층 식당에 있던 손님들과 직원들은 인질로 붙잡혀 있습니다. 다른 층에 있던 사람들 대부분은 도망쳐 나왔지만, 몇몇은 붙잡혀서 1층으로 끌려갔습니다."

"이노카 건물은 마루노우치 지부다. JRA가 그것을 모르고 덤볐을 리는 없다."

다케카나 마사오는 냉정한 어투로 말했다.

그는 부하들에게 더 뭐라 말하려다가 말고 김춘추를 바라보았다.

"지금 당장 거리로 나가면 위험하다. 부하들에게 말해 놓을 테니 이곳에 머물러라."

"내 걱정은 말고, 당신의 일을 하지."

김춘추는 다케카나 마사오의 얼굴을 찬찬히 살피면서 말했다. 그러자 다케카나 마사오는 고개를 한 번 끄덕이고는 부하들을 모아 열심히 지시를 내리기 시작했다.

아무래도 일본 내 야쿠자 최대 조직인 구치야마구미와 테러 단체인 JRA가 도쿄 경제 중심가인 마루노우치에서 한판 붙을 것 같았다.

하지만 어차피 김춘추와는 상관없는 일이었다.

다만, 10여 년 가까이 조용하던 JRA가 이 시기에 다시 테러를 저지른다는 것에 뭔가 찝찝한 기분을 떨칠 수가 없었다.

김춘추는 빌딩에서 나와 거리를 걸었다. JRA 때문인지 거리는 무척 한산했다.

하지만 사람들이 수군거리면서 긴장하고 있다는 것쯤은 굳이 기감을 활용해서 알아내지 않더라도 느낄 수가 있었다.

'저쪽이군.'

김춘추는 대로변에 서서 거친 기운이 휘몰아치는 동쪽을 바라보았다.

아마도 이노카 건물은 저쪽에 있을 것이다.

곧 야쿠자 조직원들이 들이닥칠 테니. 게다가 일본 특공대도 가만히 있지 않겠지.

한바탕 피바람이 몰아칠 게 뻔했다.

김춘추는 이맛살을 한 번 찌푸리고는 전철역으로 걸음을 옮기기 시작했다. 전철역이 폐쇄되지 않았기를 바라면서.

때마침, 가전 매장의 TV가 눈에 들어왔다.

지금 마루노우치 상황을 알리는 속보가 실시간으로 화면에 뜨고 있었다.

다음 순간, 김춘추는 그 자리에서 우뚝 섰다.

무함마드 왕자. 왕자의 얼굴이 인질들 사이에서 비쳤기

때문이다.

 단순히 비친 것이 아니라 테러범들이 의도적으로 보여 주고 있었다.

 동양인들 사이에서 발목까지 오는 흰색의 긴 옷, 토브를 입고 머리에 쓰는 스카프인 쉬마그와 이를 눌러 주는 검은색 천으로 돌돌 말린 링, 이갈을 두르고 있는 사람은 단연코 눈에 띄지 않을 수가 없었다.

 게다가 한 테러범의 손에 들린 AK-47 돌격 소총은 정확하게 무함마드 왕자를 겨냥하고 있었다.

 구소련에서 만들어진 AK-47 돌격 소총은 사용이 너무 쉬워 정규군뿐만 아니라 게릴라, 반군, 테러리스트, 민병대, 심지어 일반인들까지 약 20여만 원이면 구입이 가능했다.

 일본 내에서 총 사용은 금기였다. 하지만 마음만 먹는다면 AK-47 돌격 소총을 구하는 것은 매우 쉬웠다.

 다만, 야쿠자들끼리는 암묵적 합의가 있었다. 오랜 전통에 따라서 그들은 최악의 경우에도 총보다는 일본도를 들고 서로 싸웠다.

 이런 면에서 JRA는 야쿠자들의 적으로도 볼 수 있었다. 야쿠자 세계에서 만들어 놓은 질서를 단숨에 흩트려 놓는 미꾸라지였기 때문이다.

 '왕자님은 저기서 뭐하는 거지?'

 김춘추는 아연실색이 되었다.

게다가 그가 지금 입고 있는 옷은 왕자의 신분일 때 입는 것이 아니라 평범한 하얀색의 토브였다.

'저렇게 입을 거라면 차라리 양복이나 청바지를 입으시지.'

김춘추는 무함마드 왕자의 생각을 한눈에 파악했다.

자신이 일본으로 갔다는 것을 알고, 일본 내 투자도 확인할 겸 따라왔겠지.

어떻게 마루노우치에 있는 줄 알고 여기까지 따라왔는지. 무함마드 왕자 밑에 있는 수하들의 실력은 인정해 줘야겠다.

하지만 왕자의 센스만큼은… 스스로를 위험에 빠트리고 말았다.

토브를 입고 마루노우치 거리를 돌아다니는 중동인이 얼마나 될까?

아무리 경제의 중심가라고 해도 흔하지 않다.

하필 저런 복장으로 버젓이 식당을 이용하다니. 게다가 평민 행세를 한답시고 수하들도 없이 혼자서 움직였다.

'JRA가 구치야마구미에 도전장을 낸 것은 아니군.'

김춘추는 재빨리 상황을 간파했다.

10여 년 동안 잠잠하던 테러 단체가 갑자기 이렇게 큰 소란을 떨친다는 것은 필시 테러 단체들끼리 서로 정보를 주고받는다는 뜻이었다.

아무래도 무함마드 왕자가 꽤 오래전부터 테러범들의 타깃이 되었나 보다.

최근 왕자의 행보가 아시아, 특히 한국과 일본 쪽으로 빈번하다 보니 왕자가 일본으로 넘어오기를 기다렸던 테러범들이 때를 놓치지 않고 벌인 일 같았다.

JRA의 뒤에 중동의 테러 단체가 있을 게 뻔했다. 무함마드 왕자가 수행원도 없이 평민 행세를 하면서 마루노우치 거리를 활보했으니, JRA에게는 더없이 좋은 기회였다.

이노카 건물이 아무리 구치야마구미의 마루노우치 지부라고 해도 이 좋은 기회를 그냥 날릴 그들이 아니었기 때문이다.

김춘추는 순간 두통이 밀려오는 것 같았다.

무함마드 왕자가 잘못된다는 것은 상상할 수도 없는 일이었다. 적어도 이 마루노우치 거리에 김춘추 그 자신이 있는 한 말이다.

"나오시죠."

김춘추가 중얼거렸다.

하지만 그의 눈은 여전히 투명 유리 너머 가전 매장 안에서 틀어 주는 TV의 화면에 꽂혀 있었다. 무함마드 왕자가 안전한지 확인하기 위해서였다.

"저희의 잘못입니다."

익숙한 목소리가 들려왔다.

"오랜만입니다."

김춘추는 그제야 몸을 돌려 자신의 등 뒤에 서 있는 사내의 얼굴을 확인했다.

무함마드 왕자의 최측근이자 다운스트림 해외 지부의 얼굴마담을 맡고 있는 사와디였다.

그의 뒤로 3명의 사내가 더 서 있었다.

"왕자님을 적극 따라다녔어야 하는데."

사와디는 죄책감에 빠져 있었다.

김춘추를 따라서 무함마드 왕자와 일본까지 왔다. 그리고 마루노우치에서 그의 행적을 발견하고 급히 뒤따랐다.

그런데 무함마드 왕자가 뜬금없이 서민 놀이를 하고 싶다면서 자신들을 물렸다. 자신의 반경 50미터에는 접근하지 말라고 엄포를 놓은 것이다.

물론 50미터까지 접근을 못 한 것은 아니고, 이노카 건물의 1층 식당에 들어가는 것을 보고 그 근방에서 왕자를 지켜보고 있었다.

그런데 하필 AK-47 소총을 앞세운 테러범들이 순식간에 1층 식당을 점령한 것이다. 사와디와 왕자의 수행원들이 어떻게 손을 쓸 새도 없이 완벽하게 당했다.

사와디는 이 모든 게 자신의 잘못이라고 생각하고 있었다.

"사와디, 저와 함께 움직이시죠."

김춘추는 그런 사와디에게 부드럽게 말했다.
"어, 어떻게 하시려고?"
"지금 야쿠자 쪽도 움직이고 있습니다. 일본 정부에서도 가만히 있지 않겠죠. 그 와중에 식당에 붙잡혀 있는 인질들의 안전은 장담 못합니다. 이렇게 손 놓고 서 있을 수는 없어요."
"아."
사와디의 얼굴에 안도의 빛이 떠올랐다. 김춘추가 구하기로 했다면 구하는 것이다.
그는 그간 김춘추와 함께하면서 불가능한 일을 가능하게 만드는 그의 저력을 익히 몸으로 체험한 바 있었다.
그가 고개를 끄덕였다.
"가죠."
김춘추는 그렇게 말하고는, 재빨리 이노카 건물을 향해서 뛰기 시작했다.
그 뒤를 사와디와 수행원들이 정신없이 쫓았다.

◈ ◈ ◈

이미 이노카 건물 주변에는 경찰들이 와서 주변을 통제하고 있었다.
그럼에도 불구하고 방송국 기자들과 카메라맨들은 가장

좋은 자리에서 이노카 건물 안을 취재하려 열띤 경쟁을 벌였다. 그야말로 아수라장이 따로 없었다.

JRA는 무슨 이유에서인지 시간을 끌고 있었다.

자신들이 테러를 저질렀다는 것을 준비해 간 비디오 촬영기를 통해서 버젓이 밖으로 내보내는 중이었다.

자신들의 활동 재개를 10여 년의 침묵을 깨고 드러내 보인 것이다. 그것만으로도 JRA에게는 큰 소득이었다.

원래 테러 단체들이 그렇다. 자신들의 이름을 어떡해서든지 팔고 싶어서 난리를 치지 않는가.

이노카 건물 주변을 통제하고 있는 마루노우치 담당 경찰서장 옆으로 사와디가 조심스럽게 다가갔다.

그는 이노카 1층 식당에 인질로 잡혀 있는 중동인이 사우디아라비아 왕족의 일원이면서 자신은 사우디아라비아 대사관에서 나왔다고 소개했다.

경찰서장이 당황한 것은 당연했다.

그 사이 김춘추는 경찰들의 눈을 피해서 건물 안으로 잠입했다.

아직까지 판테온에서 충전해 온 마나가 그의 몸 안에 충분히 있었다. 그 덕에 투명 마법을 써서 1층 식당 안으로 진입하는 것쯤은 그로서는 누워서 떡 먹기였다.

-대체 여기서 뭐하십니까?

무함마드 왕자는 어디선가, 정확히 그의 뇌에서 들려오는 소리에 깜짝 놀라 주변을 두리번거렸다.

이내 그는 그것이 텔레파시이며 김춘추의 목소리라는 것을 알아차렸다.

안타깝게도 무함마드 왕자는 텔레파시를 할 수가 없다. 어떤 면에서 그는 가장 평범한 지구인인 셈이었다.

무함마드 왕자는 어깨를 으쓱거렸다.

-여기서 나가시죠.

김춘추는 무함마드 왕자에게 다가갔다.

순간 무함마드 왕자가 고개를 저었다.

그는 손가락을 들어 인질들을 가리켰다. 1층 식당 홀에는 약 50여 명의 인질들이 공포에 떨고 있었다.

10여 명의 테러범들이 홀 가운데서 떨고 있는 인질범들 머리 위로 AK-47 소총을 겨냥하고 있었다.

김춘추는 한숨을 가볍게 쉬었다.

무함마드 왕자를 구하러 이곳에 들어온 이상, 굳이 왕자가 지적하지 않아도 인질들을 내버려 둘 수는 없는 법이었다.

-절 따라왔으면 혼다이 투자은행 건물로 들어오던지.

김춘추가 투덜거렸다.

무함마드 왕자가 입술을 삐죽 내밀었다. 이미 김춘추를 쫓아서 그 건물에 따라갔었기 때문이다. 하지만 금방 구치 야마구미의 조직원들에 의해서 쫓겨났다.

왕자가 삐죽거리는 모습을 본 김춘추가 미소를 짓고는 주변을 다시 한 번 살펴보았다.

곧 야쿠자들도 몰려온다. 그때쯤 되면 이곳은 아수라장이 될 것이 뻔하다.

왕자 한 명쯤이야 마법으로 어떻게든지 보호하고 몰래 데려나갈 수는 있었다.

하지만 50여 명이나 되는 사람들을 전부 데려갈 수는 없는 법.

마법 역시 마나의 한계를 안고 있었다.

홀 안의 상황은 이랬다.

홀의 입구, 카운터 위에는 소총을 들고 한 사내가 서 있다. 그 옆으로 비디오를 들고 등에는 소총을 멘 사내가 보였다. 아마도 카운터 위에 있는 사내가 이번 일의 지휘자인 듯싶었다. 그는 연신 비디오를 찍고 있는 사내에게 지휘를 내리고 있었다.

나머지 10명의 사내는 홀 가운데 인질들을 향해서 소총을 겨냥하고 있었다.

하지만 이것이 끝은 아니었다.

이 건물 중간중간 테러범들이 소총을 들고 숨어 있는 사람들을 찾고 있었다.

-왕자님, 제가 신호하면 카운터 위에 있는 사내의 시선 좀 분산시켜 주십시오.

김춘추의 텔레파시에 무함마드 왕자는 순간 식겁한 표정을 지었다. 안 그래도 비디오가 자신을 중심으로 찍고 있는 판국에 시선을 분산시키라니.

 -왕자님은 최후의 인질로서 쓸모가 있으니 적어도 이곳을 빠져나가기 전에는 이들이 죽이지 않을 겁니다.

 김춘추는 부드러운 어조로 왕자를 달랬다.

 하지만 무함마드 왕자가 모르는 사실 하나. 김춘추는 왕자의 몸에 방어 마법을 걸어 두었다. 따라서 만약 소총이 왕자를 향해 갈겨도 전부 튕겨 나가게끔 되어 있었다.

 이 사실을 알 리 없는 왕자의 얼굴은 시꺼멓게 변해 갔다.

 김춘추는 왕자가 자신이 지시하는 대로 행동을 하리라는 것을 잘 알았다. 아무리 저런 표정을 짓고 있어도 왕자는 왕자다.

 '올 때가 됐는데.'

 김춘추는 건물 위쪽으로 신경을 곤두세웠다.

 야쿠자, 구치야마구미의 조직원들이 이 건물로 진입하는 것은 필시 옥상 쪽일 것이다.

 지금쯤이면 특공대도 옥상뿐 아니라 건너편 건물에까지 잠입해서 저격수를 배치해 두었겠지.

 김춘추는 자신의 기감을 끌어올렸다. 이노카 건물 안의 개미 새끼 한 마리라도 놓치지 않으려고 정신을 집중했다. 단 한 명의 인질이라도 죽어서는 안 됐다.

왜? 그 자신이 이들을 전부 구조하기로 마음먹었기 때문이다. 딱히 이유 따위는 없다.

휙.
털썩.
아주 희미한 소리가 위층에서 났다.
물론 다른 이들은 전혀 들을 수도 없을 만큼, 아주 작은 소리이며 움직임이었다.
하지만 그것만으로도 김춘추는 야쿠자들과 특공대가 도착했음을 알 수 있었다.
행동 개시다.
-왕자님, 시선을 끌어 주십시오.
무함마드 왕자에게 그렇게 말하고는 김춘추는 재빨리 자신의 분신을 늘렸다.
동시에 무함마드 왕자는 카운터 위에 서 있는 테러범에게 유창한 일본어로 말을 걸었다.
"협상하지."
"흥."
사내가 콧방귀를 뀐다.
애초에 무함마드 왕자와 협상할 이유는 전혀 없었다.
왕자의 목숨이 지금까지 유지되는 건 오직 단 하나. 그 자신이 이곳을 안전하게 빠져나갈 수 있는 최후의 수단이었기 때문이다.

그렇기 때문에 다른 인질들과는 달리 그가 직접 틈틈이 무함마드 왕자 쪽을 지켜보고 있었다.

"내가 누구인지 몰라서 그러는가 본데······."

왕자가 운을 떼었다.

"무함마드 왕자. 그쯤은 알고 있지."

카운터 위의 사내가 비웃는 표정을 지어 보이면서 말했다.

그 말을 듣는 순간, 무함마드 왕자는 자신이 큰 실수를 했음을 깨달았다.

수행원을 물리치고 이 식당에 혼자 들어오는 것이 아니었다. 지금 이 사단은 자신을 노린 테러였다.

그 순간.

퍽, 퍽, 퍽······.

풀썩.

인질들에게 소총을 겨누고 있던 테러범들이 바닥에 쓰러졌다.

"뭐, 뭐야!"

카운터 위에 서 있던 사내는 왕자 쪽을 향해서 소총을 겨냥하면서 소리쳤다.

그의 손가락은 방아쇠를 당기려 하고 있었다.

만약 일이 잘못되면 부하들뿐만 아니라 그 자신조차 자폭

하기로 서약했기 때문이다.

조직의 가장 중요한 지시, 무함마드 왕자를 사살하라.

그 자신이 살기 위한 최후의 수단이 무함마드 왕자의 목숨이지만, 어차피 이곳을 빠져나가는 순간 왕자의 목숨은 없는 것과 다름없었다.

일이 틀어진 이상, 그는 지체할 수가 없었다. 조직의 최종 지시는 반드시 이행되어야 했기 때문이다.

그는 지체 없이 왕자를 향해 방아쇠를 당겼다.

휘리릭.

순간 소총의 총부리가 허공을 향해 발사되었다.

타앙!

"꺄악!"

총소리에 놀란 인질들이 비명을 질렀다. 무함마드 왕자 역시 얼굴이 백짓장처럼 새하얗게 질렸다.

하지만 이내 김춘추의 모습이 드러났다.

그는 테러범의 팔을 한 손으로 잡아 뒤로 꺾는 동시에 다른 손으로 그의 목덜미를 가볍게 쳤다.

단지 그것만으로 카운터 위의 사내는 허무하게 쓰러졌다. 그 옆에서 비디오를 찍고 있던 사내가 등에 메고 있는 소총을 앞으로 돌리기도 전에 일어난 일이었다.

"죽고 싶은가 보지?"

김춘추가 비디오를 찍고 있던 테러범을 향해 비릿하게 웃으면서 말했다.

순간 테러범은 평생 한 번도 느끼지 못했던 공포감이 몰려왔다.

자신의 보스뿐 아니라 동료들까지 전부 바닥에 쓰러져 있다. 죽었는지 살았는지 모르지만, 어쨌거나 이 게임은 끝났다.

완벽한 패배였다.

어디서 나타났는지 모르지만. 아니, 일이 어떻게 된 건지 모르지만.

단 한 사람이 10여 명의 건장한 사내를 한꺼번에 해치우고 자신의 보스마저 손쉽게 제압해 버렸다.

반항은 무의미했다.

풀썩.

"죽기는 싫은가 보지."

김춘추가 중얼거리면서 상대를 한 번 스윽 보고는 무함마드 왕자 쪽을 향해서 시선을 돌렸다.

"괜찮으십니까?"

"머, 멀쩡해."

무함마드 왕자도 넋이 나간 듯이 멍하니 대답했다.

지금 1층 홀에 인질들과 테러범들 빼면 김춘추뿐이다. 그렇다는 것은 테러범들을 전부 김춘추 혼자서 제압했다는 것이다.

소총을 들고 있는, 극도로 훈련된 테러범들을 너무도 쉽게 제압했다.

김춘추가 마법사라는 것은 알고 있었지만, 그래도 그 능력을 직접 이렇게 눈으로 보니 어안이 벙벙했다.

야쿠자들과 특공대들은 1층 홀, 주방 쪽에 있는 후문에 어느새 진입해 있었다.

김춘추는 무함마드 왕자에게 고개를 한 번 끄덕인 뒤 텔레파시를 보냈다.

-후문을 열어 보십시오.

그러고는 몇 가지 더 당부를 하고는 투명 마법을 사용하여 모습을 감추었다.

김춘추의 텔레파시에 무함마드 왕자는 그제야 정신을 차렸다. 그리고 그가 말한 대로 주방 쪽으로 걸어가서 후문을 열었다.

순간 야쿠자들과 특공대원들이 쏟아져 들어왔다.

"상황은 끝났소."

무함마드 왕자가 선포하듯이 말했다.

과연 그의 말대로, 야쿠자들과 특공대원들 눈에 들어온 것은 바닥에 쓰러져 있는 테러범들과 반쯤 정신이 나간 듯한 인질들뿐이었다.

"이게 어떻게 된 일인가!"

부하들을 데리고 JRA 조직원들을 진압하기 위해서 직접 이노카 건물로 침투한 다케카나 마사오가 외쳤다.

"우리 쪽이 빨랐소."

무함마드 왕자가 승리에 찬 표정으로 말했다.

"감사드리오."

다케카나 마사오가 무함마드 왕자에게 가볍게 인사를 건넸다.

이미 침입 전에 특공대로부터 1층 식당에 있는 인질들 중 사우디아라비아의 왕족이 있다는 사실을 전해 들었다. 그러니 무함마드 왕자가 자신의 신분을 밝히지 않더라도 알 수가 있었다. 이 식당 안에 하얀 천으로 전신을 두르고 있는 사람은 왕자밖에 없었기 때문이다.

어쨌거나 자신의 지부에 있던 사람들이 전부 무사한 것만으로도 큰 은혜를 입은 셈이었다.

물론 그 자신이 이들을 구해 냈더라면 더 좋았을 뻔했지만.

하지만 그 자신도 알고 있었다. 단 한 명의 인질까지 상처 하나 없이 구해 낼 수 있었을까?

그것은 절대로 불가능한 일이라고 처음부터 각오했던 일 아닌가.

그런데 무함마드 왕자 쪽의 사람들이 그것을 해냈다.

왠지 패한 것 같은 느낌이 드는 것은 어쩔 수가 없었다.

그건 그거고.

"일본에 오셨는데 이런 일을 겪게 해서 죄송합니다."

특공대 대장이 무함마드 왕자에게 와서 인사치레로 말했다.

하지만 그도 알고 있었다. 이 사단의 중심에는 분명 이 왕자가 있으리라.

JRA가 뜬금없이 10년 만에 테러를 일으킨 게 과연 우연일까?

"해결됐으니 다행이오."

무함마드 왕자가 다소 거만한 표정으로 말했다.

그도 모르지는 않는다. 하지만 그것을 티낼 필요는 없다.

"왕자님의 특공대들은 어디로 갔습니까?"

특공대장이 다분히 이해가 가지 않는 표정으로 물어 왔다.

"우리 애들은 얼굴을 드러내지 않소."

무하마드 왕자가 딱 잘라 말했다.

"인질들은 아무것도 못 봤다는데……."

"우리 애들은 순식간에 일을 해치우지. 뜸 들이는 것은 딱 질색이라."

무함마드 왕자는 일부러 거들먹거렸다.

특공대장은 왕자가 뜸 들인다는 말을 하자 순간 안색이 붉게 변했다. 한마디로 자신들이 늦었다는 얘기다.

하지만 왕자에게 대놓고 항변할 수는 없었다.

"죄송합니다. 일단 경찰서로 모시겠습니다."

"감히 사우디아라비아의 왕족 중의 왕족에게 그런 무엄한 말을 할 수는 없소!"

어느새 나타난 사와디가 특공대장을 질타했다.

"호텔로 가지. 궁금한 것 있으면 그리로 연락하게."

무함마드 왕자가 빙그레 웃으면서 특공대장에게 한마디 했다.

"가시죠."

사와디가 식당 정문을 가리키면서 말했다.

무하마드 왕자는 머리를 빳빳하게 치켜들고는 정문을 향해 걸어갔다.

그 모습을 특공대장이 시뻘게진 얼굴로 바라보았다.

"춘추는 어딨지?"

이노카 건물을 나서자마자 바로 대기하고 있던 승용차에 올라탄 왕자는 그제야 사와디를 향해서 물었다.

그가 이 순간 가장 궁금한 사람은 바로 김춘추였다.

"나? 여기 있지."

그러자 기사인 척하면서 운전석에 앉아 있던 김춘추가 뒤를 힐끔 보면서 왕자에게 말했다.

"김춘추!"

무함마드 왕자는 자신도 모르게 팔을 번쩍 들면서 환호했다.

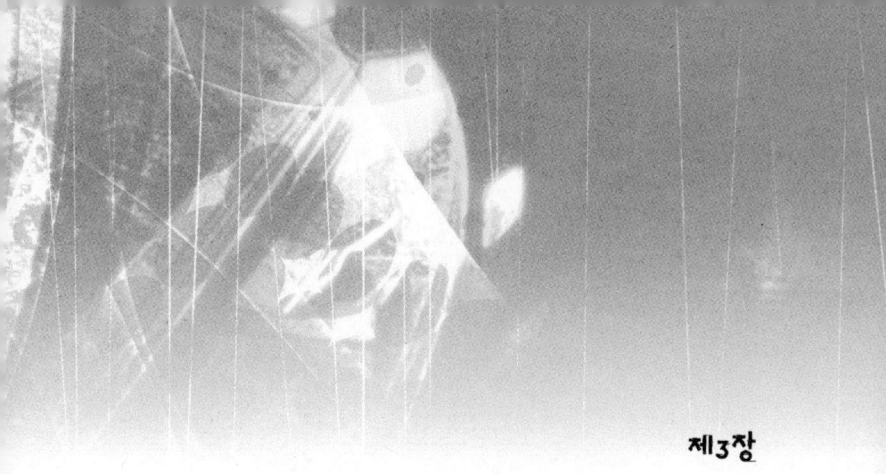

제3장

무함마드 왕자, 그리고 흔들리는 중동

"도대체 식당은 왜 들어가신 겁니까? 수행원까지 전부 물리고. 그 옷차림새는 또 뭡니까?"

김춘추가 무함마드 왕자에게 질문을 빙자한 잔소리를 해댔다.

"그게……."

무함마드 왕자는 우물쭈물했다.

사실 김춘추도 왕자의 마음을 모르는 것은 아니었다.

이노카 식당에 들어섰을 때, 홀 가운데 몰려 있는 인질들 중 리디아 황녀를 착각하게 할 만한 백인 소녀가 있었다. 물론 리디아만큼 예쁘지는 않았지만.

어쨌거나 무함마드 왕자가 왜 그 식당으로 들어갔는지 충분히 설명되고도 남았다.

"됐습니다. 제가 왕자님 하시는 일에 변명을 듣는다는 것도 좀 웃기죠."

"그렇긴 하지."

김춘추의 말에 무함마드 왕자가 재빨리 수긍했다.

"다음부터는 절대 혼자서 다니지 마십시오."

김춘추가 못 박듯이 말했다.

"나도 알지."

무함마드 왕자가 새하얀 이를 드러내 보이면서 웃는다. 순간 그 모습을 보고 사와디가 기가 막힌 표정을 짓는다.

지금 왕자가 처한 상황이 얼마나 위험한지 정말 몰라서일까?

김춘추가 고개를 가로저었다.

무함마드 왕자답다는 생각이 들었다.

지금 사우디아라비아의 왕족은 피비린내 나는 싸움에 돌입했다. 특히 수다이지파 간의 피 말리는, 보이지 않는 싸움은 다른 그 어떤 왕족들 간의 싸움보다 더 위험하고 은밀했다.

수다이지파 일곱 형제가 형제 상속을 하며 사우디아라비아의 왕가를 공고히 했다면, 지금은 그 체제가 위험에 돌입한 것이었다.

이미 무함마드 왕자의 아버지는 피살당했다. 공식적으로

는 지병으로 돌아가신 것으로 알려져 있지만, 사실은 같은 파에 의해서 제거된 것이다.

사우디아라비아의 왕위 계승은 장자 상속이 아니라 형제 상속이다. 그러니 자신보다 기량이 뛰어난 형제만큼 위험한 존재는 없다. 게다가 수다이지파, 제3차 사우디 왕국의 건국자였던 압둘 아지즈 왕의 두 번째 아내 소생인 일곱 왕자들 간의 치열한 눈치싸움은 바로 죽음과 권력 사이를 오고 갔다.

무함마드 왕자의 위험은 같은 가문인 수다이지파로 인해서뿐만 아니었다.

전왕 칼리드 빈 압둘 아지즈도 전왕인 파이살의 암살 직후 4대 국왕으로 등극하지 않았던가.

잠시 삼천포로 빠져 보자면 암살당한 파이살 국왕은 1970년대 한국의 중동 붐 신화를 이룩하게 해 준 장본인이기도 했다. 당시 가난하고 헐벗었던 한국이 외화를 벌어 근대화의 첫걸음을 뗄 수 있게 해 준 건설 붐의 진원지였기 때문이다.

어쨌거나 그런 파이살 국왕도 자신의 조카에게 암살을 당했다. 공식적으로는 조카인 사이드 왕자가 오랫동안 정신장애를 앓아 왔다고 발표했다.

하지만 과연 진실은 무엇일까?

항간에는 4년 전 죽은 칼리드 국왕도 자연사가 아닌 암살이라는 소문이 심심찮게 돌고 있었다.

게다가 현왕인 파흐드 빈 압둘 아지즈는 위험한 행보를 보이는 중이었다.

미국으로부터 최첨단 무기를 대량 구입함으로써 경제 및 군사적 동맹 관계를 강화해 나가고 있었다. 게다가 그 스스로 '두 성지의 수호자'라는 칭호를 사용하면서 종교 지도자로서의 이미지를 부각시켰다.

이것은 좋지 않은 신호였다. 이란의 시아파를 자극하고 있었기 때문이다.

그 덕에 지금 사우디아라비아의 국내외 정세는 매우 긴박하게 돌아가는 참이었다.

무함마드 왕자가 김춘추의 조언 덕분에 연속으로 투자에 성공한 것이 파흐드 국왕과 그의 측근에게는 거슬리는 행보인 것은 사실이었다.

더구나 무함마드 왕자의 아버지를 암살한 것은 다름 아닌 파흐드 국왕이라는 말이 오래전부터 왕족들 사이에서는 돌고 있었다.

그 말이 사실이라면 파흐드 국왕 입장에서는 자신이 죽인 형제의 아들, 무함마드의 연속되는 성공이 좋아 보일 리는 없었다.

게다가 국왕만이 위험한 상대가 아니었다. 그의 이러한 뛰어난 성공은 같은 가문의 수많은 후계자, 왕자들의 공공연한 질투의 대상이 되고 말았다.

 그뿐만 아니다. 무함마드 왕자는 삼촌인 파흐드 국왕이 미국과의 관계를 긴밀하게 유지하는 것을 좋아하지 않았다. 게다가 얼마 전 국왕이 자신에게 '두 성지의 수호자'라고 칭호를 붙인 것에 대해서 무함마드 왕자는 위험한 행동이라고 비공개적으로 비난했다.

 결론은 무함마드 왕자는 스스로 목숨을 내놓고 있는 셈이었다.

 김춘추가 무함마드 왕자를 빤히 보면서 물었다.
"어떻게 하실 작정입니까?"
"……."
무함마드 왕자는 김춘추의 진심 어린 질문에 아무런 대답을 하지 못했다.

 그의 뒤에 서 있던 사와디의 얼굴에도 급격하게 그늘이 져 갔다.

 일본에서까지 테러를 일으켜 왕자를 죽이려고 했던 자들이다. 언제 어디서건 죽일 수 있는 것이다.

 국왕이든 다른 사촌들이든 간에, 이들에게는 힘이 있었고 테러 단체들을 움직일 만한 충분한 돈과 무기도 있었다.

 김춘추는 잠시 생각에 잠겼다.

 판테온에서 지구로 넘어온 지 이틀째. 아직 5일의 시간이 있다.

　하지만 시간이란, 방심해서는 안 될 존재이다.

　피식.

　김춘추가 어깨를 으쓱거렸다.

"알아서 하십시오."

　뜻밖의 말에 무함마드 왕자가 당황하면서 물었다.

"설마 이대로 친우가 죽게 내버려 두지는 않겠지?"

"이미 위험에 처한 것은 왕자님이 잘 아시지 않습니까? 그런데 여자 꽁무니를 쫓아서 혈혈단신으로 식당 안에 들어갈 만큼 자신만만한 분이 아니었습니까? 제 결론은 그래요. 자신만만한 분에게 제가 별다른 도움이 되지 않겠다 이겁니다."

"아, 아니지. 그건."

　김춘추의 놀림에 당황해서 무함마드 왕자는 얼굴마저 벌게지고 있었다.

　사와디는 고개를 푹 숙였다. 그의 눈에도 김춘추가 왕자를 놀리는 것이 보였기 때문이다.

　사와디는 웃음을 꾹 참느라 애를 먹어야 했다.

"아니긴 뭐가 아닙니까?"

　휘익.

　김춘추는 그 말을 남기고 스위트룸 내의 거실을 떠나 방으로 짐작되는 곳의 문을 열었다.

지구에서 마법을 쓰는 것은 여러모로 불편한 점이 많다. 단지 마나가 부족해서 운용을 못하는 것뿐만 아니라 마나가 없는 곳에서 마법을 시현하는 것은 마치 공기 없는 곳에서 억지로 숨을 쉬는 것과 같다.

마나가 그나마 있는 곳은 큰 문제가 없지만, 오늘처럼 마법을 여러 번 시현하면 잠시 현기증 같은 피곤함이 찾아온다.

방을 열자, 커다란 황금빛이 찬란한 침대가 눈에 들어왔다.

푹신.

침대의 안락함이 김춘추를 감싸 안았다.

언제 이런 느낌을 맛보았지?

아주 오래전부터 잠자리의 달콤함을 느껴 보지 않았던 탓이다.

오늘 유독 달콤한 잠이 그를 유혹했다.

벌컥.

"이대로 자는 거야?"

김춘추가 들어간 방의 문을 활짝 열고 무함마드 왕자가 소리쳤다.

"······?"

순간 그는 아주 짧은 사이에 깊은 잠에 빠져 버린 김춘추를 마주 대했다.

"오늘 피곤하셨을 겁니다."

어느새 사와디가 옆으로 다가와 나지막이 말했다.

그는 김춘추가 마법을 사용하는 줄은 모른다. 하지만 이 노카 식당에 들어가 혼자서 그 많은 테러범들을 물리쳤다는 것은 알고 있다.

모르긴 해도 굉장한 하루였을 것이다.

"그, 그렇지."

무함마드 왕자는 입맛을 다셨다.

그는 지금 여러 가지의 이유로 김춘추에게 물어볼 게 많았다.

그가 사용한 마법들이나 그 마법을 자신이 배울 수 있는지. 게다가 최근 들어 리디아 황녀가 보이지 않고 있다. 그 이유가 무엇인지.

혹시 그 다른 차원? 판테온이라는 곳으로 돌아간 건지……

사실 리디아 황녀에 대해서 가장 궁금했다.

그녀를 보기 위해서 일부러 바쁜 사업 일정에도 불구하고 여러 가지 핑계를 대면서 아시안게임이 열리는 한국에 왔다. 그런데 그녀의 얼굴도 제대로 보지 못하고, 지금은 아예 연락 두절이었다.

김춘추의 주변 사람들을 추궁해 보았지만 별다른 소득

이 없었다.

'그녀는 어디 간 걸까?'

무함마드 왕자는 곤히 잠든 김춘추의 얼굴을 빤히 보면서 속으로 중얼거렸다.

어찌 보면 자신의 가장 큰 연적은 김춘추일 게다.

리디아 황녀가 김춘추를 바라보는 그 눈빛을 알고 있으니까.

그 눈빛은 익숙하지 않은가? 바로 자신이 리디아 황녀를 바라보는 눈빛과 똑같았기 때문이다.

"세상 편하군."

무함마드 왕자는 혼잣말처럼 중얼거렸다.

하지만 조용히, 김춘추의 숙면을 위해서 방문을 닫았다. 오늘 하루, 그 자신을 구하기 위해서 마법을 사용해 준 친우가 진심으로 고마웠다.

그 전에 한 번 들은 적이 있었다. 지구에서는 마법 사용을 가능한 한 하지 않으려고 한다고. 여러 가지 위험성이 내포되어 있다고 했다.

그럼에도 그는 위험에 빠진 자신을 구하기 위해서 적어도 세 번 이상의 마법을 시현해 주었다.

◈ ◈ ◈

김춘추가 잠에서 깬 것은 어느새 어둠이 찾아왔을 즈음이었다.

그는 침대에서 일어나자마자 곧장 거실로 향했다.

"깨셨습니까?"

김춘추의 기척을 느낀 사와디가 회의실에서 나와서 공손하게 물었다.

"얼마나 잤지?"

"7시간입니다."

사와디의 말에 김춘추는 거실에 달린 뻐꾸기시계를 흘낏 바라보았다.

어느새 밤 11시가 넘어가고 있었다.

'꽤 잤군. 웬일이지? 시바 여왕도 나타나지 않고.'

김춘추는 고개를 갸우뚱거렸다.

"커피 드시겠습니까?"

그렇게 말하면서 사와디는 어느새 은색 종을 가볍게 흔들고 있었다.

김춘추가 말없이 고개를 끄덕였다.

은색 종의 부름에 프릴이 달린 에이프런을 두른 하녀가 나타났다. 사와디는 커피와 몇 가지 간단한 음식을 지시했다.

하녀는 금세 김이 모락모락 나는 커피와 스크램블 에그, 먹기에 부담이 되지 않을 크기의 소시지와 유자 소스를 끼

얹은 샐러드를 커다란 금색 쟁반에 내왔다.

그러고는 야경을 바라볼 수 있도록, 창문 옆에 배치되어 있는 테이블 위에 그것들을 내려놓았다.

김춘추는 가볍게 고개를 끄덕이고는 테이블 쪽으로 걸어갔다.

사와디는 김춘추가 식사를 다 끝내기 전까지 아무런 말도 없이 거실 한가운데 있는 소파에 앉아 파일을 읽었다. 오늘 일어난 일에 관한 내용이 담긴 보고서였다.

그사이 왕자 측이 레이더망을 가동해서 사우디아라비아는 물론 미국, 일본 등에서 정보를 수집해서 실시간으로 보고를 하고 있었다.

오늘 테러 사건 이전에도 그랬지만, 테러 사건 이후 사와디의 몸은 10개라도 부족할 정도로 바빴다.

다운스트림의 얼굴마담 외에도 무함마드 왕자가 가장 믿는, 그의 형보다도 믿는 사람이었기 때문이다.

물론 유일하게 믿는 사람은 아니다. 김춘추가 있으니까 말이다.

무함마드 왕자에게 있어서 김춘추는 전설이자 세상에서 가장 특이한 사람이며, 현존하지 않을 것 같은 존재인 동시에 자신의 생명까지 기꺼이 내놓을 수 있는 그런 친우였다.

"왕자님은?"

마지막 커피 한 방울까지 단숨에 다 마신 김춘추가 그제야 사와디에게 시선을 돌려 질문했다.

"2시간 전에 주무시러 들어갔습니다."

"밤 9시에 잔다? 제법 새 나라의 어린이답군."

김춘추가 웃으면서 말했다.

"왕자님도 요즘 많이 피곤하셨을 겁니다."

"그렇겠지."

사와디의 말에 김춘추가 고개를 끄덕이며 맞장구를 쳤다.

"왕자님이 그간 이사님을 무척 찾으셨습니다."

사와디가 진지한 눈빛으로 말했다.

그의 눈빛에는 김춘추를 약간 힐난하는 느낌도 있었다. 물론 그의 입장에서 말이다. 김춘추가 판테온이라는 다른 차원으로 넘어갔다는 사실을 그는 모르지 않는가.

반지를 찾는, 말도 안 되는 상황에 김춘추가 놓여 있는 것을 사와디가 알 리가 없었다.

그의 입장에서는 무함마드 왕자가 최근 들어 예전보다 더 위험한 상황에 빠져 있는데 김춘추가 코빼기도 보이지 않았다는 점이 마음에 들지 않았다.

친우라면, 서로 위험할 때 그 옆을 지켜 주어야 하는 것이 아닌가. 죽고 나서 슬퍼하면 무슨 소용이 있을까.

게다가 무함마드 왕자는 김춘추를 따라 한국에서 일본으로까지 쫓아다녔다. 그러다 결국 테러 단체의 타깃이 되고 말았다.

물론 그 테러가 즉흥적으로 이뤄진 것은 아니다.

무함마드 왕자가 다른 왕족들보다 사업상의 핑계와 여러 가지 이유로 한국과 일본을 오고 간다는 점에 주목해서 암살을 위해 일본 테러 단체인 JRA를 몇 달 전부터 준비시켰다. 그들은 기회가 오기를 기다렸고, 그 기회를 마침내 잡았을 뿐이었다.

사와디가 이렇게 질책의 빛을 띠는 이유는 무함마드 왕자의 일 때문뿐만이 아니었다.

그가 얼굴마담으로 있는 다운스트림. 김춘추 역시 이사로 명함을 내밀고 있었다. 그런 까닭에 사와디는 김춘추를 이사님이라고 불렀다. 그러나 말이 그렇지, 실질적인 대표는 김춘추였다.

다운스트림의 행보는 요 근래 주춤거리고 있었다. 로열쉘에게 멋지게 한 방을 먹이면서 사업을 시작한 이래, 딱 한 건만 가지고 먹고살고 있는 셈이었다.

사우디 왕가를 떠나 새로운 사업을 한다는 기쁨에 젖어 있던 사와디에게는 비보가 아닐 수 없었다.

처음이 어렵지, 한번 시작한 사업은 대표까지 매일 등장하면서 업무에 관여할 필요가 없었다. 간간이 보고만 받고 일의 진행 사항과 방향성만 잘 짚어 주면 되었다.

그런 상황이다 보니 자연스럽게 사와디에게는 다시 '무함마드 왕자의 수행원'이라는 딱지가 붙었다.

그 딱지를 싫어한다는 것은 아니다. 자신만큼 믿을 수 있는 수행원이 없기 때문이다. 다만, 사업의 첫발에서 얻은 그 쾌감을 그 이후로는 맛보지 못한다는 점이 아쉬웠다.

물론 김춘추의 몸이 10개라도 부족하다는 것은 알고 있다. 다운스트림의 한국 지부 역시 매한가지라는 사실도. 두바이에서의 석유 탐사 또한 지리멸렬했다. 심지어 막대한 정부 보조금을 집어삼키고 있었다. 그런 사정을 잘 아는 그로서는 김춘추가 지금은 다른 일에 빠져 있다는 결론을 내릴 수밖에 없었다.

그런 점이 사와디로서는 아쉬웠다. 김춘추의 사업 실력과 동물적인 뛰어난 감각을 누구보다 잘 아는 그로서는 김춘추가 이 사업에 전력을 다하지 않는 것에 대한 약간의 서러움(?)마저 배어 있었다.

"나한테 단단히 삐졌군."

김춘추가 사와디의 눈빛을 알아채고는 한마디 했다. 그러자 사와디가 기가 막히다는 표정을 지었다.

"삐지긴요."

"딱 삐진 어린애 표정인데? 이거 참, 왕자님이나 그 수행원이나. 둘 다 귀엽네."

김춘추가 빙그레 웃으면서 말했다.

벌컥.

"누가 귀엽다는 거야?"

그때, 스위트룸의 가장 멋지고 화려한 방의 주인이 문을 열고 나타나면서 투덜거렸다.

◈ ◈ ◈

"너."
김춘추가 뒤도 돌아보지 않고 웃으면서 대답했다.
"이런. 휴~"
무함마드 왕자는 한숨을 일부러 크게 쉬고는 사와디의 맞은편 소파에 걸터앉았다.
"테러를 당한 것도 모자라서 이제는 귀염둥이 취급이군."
"그러게 파흐드 국왕은 뭐하러 자극했어?"
김춘추가 물었다.
"자신을 '두 성지의 수호자'라고 지칭하는 게 우습잖아. 안 그래도 미국의 개가 되고 있는 것도 못마땅한데."
무함마드 왕자는 거침없이 말했다.
지금 그의 발언은 이 둘 말고 다른 이가 듣는다면 매우 위험하다.
"우습든 말든. 국왕인데, 뭘."
"국왕이니 문제지. 사우디아라비아의 왕가가 언제부터 미국의 개가 된 건지? 칼리드 국왕의 죽음엔 그가 관련이 된 게 분명해."

"정확히는 미국과 파흐드 국왕이겠지."

김춘추가 무하마드 왕자의 말에 첨언했다. 그러자 무함마드 왕자가 흠칫 놀라는 눈치를 보였다.

"어찌 알았지?"

"그냥 감이지. 하하, 농담이고."

김춘추가 어깨를 으쓱거리면서 웃었다.

"농담일 리는 없지. 자네 말이 맞네. 칼리드 국왕은 서거 4년 전, 아니 정확히 5~6년 전부터 미국으로 압박을 받고 있었네. CIA 위장 기업이라고 추정되는 회사로부터 끊임없이 거래 요구를 받았지."

"……."

김춘추는 무함마드 왕자의 말에 고개를 끄덕였다. 그럴 것이라고 이미 짐작한 바였다.

"삼촌들 중 칼리드 국왕의 뒤를 이어 파흐드가 국왕이 된 것도 그 세력의 후원이 한몫했겠지. 삼촌들과 몇몇 사촌들이 죽음의 공포를 그 시기에 맛봤다고 들었네."

무함마드 왕자가 분개한 표정으로 말했다.

지금 그가 하는 말은 왕족들과 최측근 수행원들 외에는 아는 이가 극히 드문 얘기였다.

사우디 왕가의 치부를 드러내기에는 이들의 자존심은 너무도 컸기 때문이다.

"흠, 우리가 상대하는 적이 누군지 짐작이 되네."

김춘추가 조심스럽게 말을 꺼내자, 무함마드 왕자는 단정하듯이 잘라 말했다.

"파흐드 국왕과 CIA겠지."

"그렇다고 해도 속단하면 안 되겠지. 다른 사촌들은 어떤가? 자네 형님이나."

"물론 내가 그들보다 뛰어난 실적을 보이고 있어서 그들에게 공공의 적이 되고 있는 건 사실이네. 그렇다고 해도 아직 우리 세대까지 정권이 넘어오지 않았는데 벌써 죽이고 말고 할 게 없다네. 적어도 다음번 국왕도 삼촌들 중에서 나오겠지."

"그렇다면 파흐드 국왕은 자네의 말이 위협적으로 들려서 입을 다물게 하려고 한 거군. 왕좌를 공고히 하기 위해서 말일세."

무함마드 왕자가 순순히 인정했다.

"내 짐작도 그러네. 최근 내 발언이 위험하기는 했지. 자네 말대로. 하지만 내 소신을 꺾기에는 나는 너무도 젊네."

"왕자님이 살아남아야 다음 세대를 꿈꾸지 않겠습니까?"

김춘추가 다시 물었다.

"글쎄, 지금처럼 미국의 개가 되고 있는 사우디 왕가를 보니 벌써부터 지겨워지고 싫어지네. 할 수만 있다면 왕가를 떠나서 평범한 사람으로 살고 싶을 지경이네."

"그거야 어렵지 않죠. 정말 그러고 싶으신 겁니까?"

김춘추가 눈빛을 반짝거리면서 물었다.

"사랑하는 사람과 함께 살 수만 있다면 평범한 삶이 더 위대하지 않을까?"

무함마드 왕자가 아련한 눈빛을 띠면서 말했다.

두 사람은 동시에 리디아 황녀를 떠올렸다. 하지만 그녀의 이름을 입 밖에 내지는 않았다.

"글쎄요. 왕자님은 평범한 삶을 원하시면서 정작 평범한 사랑을 하고 계시는 것 같지는 않네요."

김춘추가 웃으면서 고개를 저었다.

리디아 황녀를 사랑하는 이상, 무함마드 왕자는 절대로 평범해질 수가 없다. 아니, 지구상의 그 어떤 여인을 사랑한다고 해도 그의 성격상 절대로 평범할 수는 없다.

그의 핏줄에는 오만하고 자존심 강한 사우디 왕족의 피가 흐른다.

그들의 삼촌처럼, 수다이지파의 오만한 피가, 뜨거운 열정이 그의 온몸에서 흘러내리지 않는가.

김춘추는 친우를 부드럽게 바라보았다.

"내 얼굴에 뭐가 묻었는가?"

무함마드 왕자가 무안한 듯이 웃으면서 물었다.

"열정이요. 삶에 대한 열정, 왕가에 대한 열정, 그리고 고국에 대한 뜨거운 자긍심이 얼굴에 묻어 있습니다."

김춘추가 숨도 쉬지 않고 단숨에 말했다.

사와디가 절로 고개를 끄덕였고, 무함마드 왕자는 더욱 무안한 듯한 표정으로 대꾸했다.

"좋게 봐준 거지? 하하하."

그는 어색한 웃음소리를 냈다.

"좋게 보긴 한 거죠. 다만, 그 덕에 왕자님은 절대로 지구상에서 평범해질 수 없는 분입니다."

"……."

김춘추의 말에 무함마드 왕자가 고개를 끄덕였다.

그의 말이 맞다.

그의 가슴엔 조국 사우디아라비아에 대한 열정이 너무도 뜨겁다.

자신이 왕족임을 얼마나 자랑스러워하는가.

가장 무거운 짐이 그에게 있어서 가장 큰 자부심이 되어 있지 않던가.

"휴, 그러면 뭐하는가. 지금의 파흐드 국왕을 저지할 권력이 내게는 없네."

"그렇긴 하죠. 게다가 암살 대상이기도 하시고."

김춘추가 아픈 데를 콕 집었다.

"그러게. 파흐드 국왕이 왕좌에서 물러날 때까지 내가 살아만 있어도 잘하는 건데. 그런데 말일세. 난 지금의 내 조국이 몹시도 걱정이네."

"파흐드 국왕이 작정하고 이란의 시아파를 자극하고 있

다는 말씀이죠?"

"그러네. 이 상태로라면 순례 기간 동안 시아파 순례자와 유혈 충돌도 일어날 수 있네. 만약 그렇게 되면……."

무함마드 왕자가 말을 아꼈다.

"이란과의 관계가 악화되겠죠. 게다가 이란은 호시탐탐 다른 중동 국가를 노리고 있죠. 언제 터질지 모르는 화약고이니. 이란과 사이가 나쁜 사우디아라비아와 연맹인 다른 중동 국가… 자칫하면 중동전이 다시 크게 발발할 여지가 있긴 합니다."

김춘추가 단숨에 앞으로 일어날 수 있는 상황을 말했다.

"정확하네."

무함마드 왕자가 고개를 끄덕였다.

과연 김춘추였다. 자신보다 정보가 부족할 텐데도 그는 조각난 퍼즐만으로도 자신보다 더 정확하게 일어날 수 있는 미래를 예측한다.

정말이지 대단한 친우다.

"왕자님은 거기에다 최첨단 무기를 마구잡이로 팔고 있는 미국이 못마땅하신 거죠. 아니, 앞으로 있을 중동전은 과거보다 더 화려하겠네요."

"그렇다네. 과거에 비해서 너무도 많은 최첨단 무기가 사우디아라비아에 들어왔네. 이게 우리뿐일까? 파흐드 국왕의 정책은 곧 다른 나라들도 자극시킬 테지. 안 그래도 얼마 전에 쿠웨이트 등 여타 중동 국가에서도 미국의 최첨단 무기를 사들이기로 했다네."

무함마드 왕자가 자신도 모르게 아랫입술을 깨물었다. 아직까지 이러한 내용은 외부에 알려지지 않았다. 하지만 조만간 알려지겠지.

세상은 넓고 정보를 찾는 이들은 얼마든지 많다.

자신들의 이익에 따라 정보를 사고파는 이들도 많고, 이런 위험을 즐기는 자들도 많고.

이 모든 것이 현 국왕인 파흐드의 잘못된 정책에서 시작된 것 같아 같은 왕족으로서 일말의 책임감도 들었다. 물론 그를 국왕으로 앉히기 위해 뒤에서 움직였던 검은 손 등을 무시할 수는 없지만.

어쨌거나 파흐드 국왕이 중동을 위험한 지경으로 내몰리게 한 장본인이 되는 것만은 사실이었다.

"위험하군요."

김춘추가 고개를 끄덕였다.

중동전.

과거보다 더 많은 희생자와 더 치열한 싸움이 전개될 게 뻔했다.

그리고 그 싸움은 수많은 유혈 사태와 수많은 평범한 사람들을 사지로 내몰겠지.

거기다 절대로 단기간으로 끝나지 않을 것이다.

끊임없이 전쟁의 악순환 고리에 들어서겠지. 누가 더 강한 무기를 사용하는지에 따라서.

그 덕에 미국의 무기 로비스트들은 중동 국가에서 더 판을 칠 테고, 그 상황은 무기상들의 배를 두둑이 만들어 줄 것이다.

"흠."

김춘추는 고개를 끄덕였다.

이런 세상, 한 번도 겪어 보지 못한 것이 아니다.

수차례 보았다. 인간의 역사가 어떠한지.

자신들의 이익에 따라서, 나라나 민족이나 가족 따위는 얼마든지 버릴 수 있는 자들을 수도 없이 보았다.

물론 그 자신조차 나라, 민족 이런 개념에 얽매여 있지 않다.

"지금이라도 파흐드 국왕을 말려야 한다고 나는 생각하네. 삼촌들이나 사촌들은 알면서도 자신들의 권력 유지에 급급하지."

무함마드 왕자가 한숨을 쉬면서 말했다.

"그들을 비난할 수는 없겠죠. 그들 나름대로 살아남는 방법일 테니. 왕자님은 전면에 나섰다가 테러의 타깃이 되지 않았습니까?"

김춘추의 말에 무함마드 왕자가 고개를 끄덕였다.

"나도 아네. 하지만 여전히 내 열정은 그들처럼 되지 말라고 말하고 있네. 나라도 나서야 파흐드 국왕의 위험한 행보가 조금은 저지당하지 않을까?"

"왕자님의 말 몇 마디로 바뀔 정세는 아니겠죠."

김춘추는 단호하게 부정했다.

"쩝."

무함마드 왕자도 고개를 끄덕이면서 그 점을 수긍했다.

"이미 세계 정세가 어느 정도 짜여져 있는 것 같습니다만."

김춘추가 이맛살을 찌푸리면서 말했다.

"어떤 면에서 그렇게 생각하지?"

무함마드 왕자가 김춘추를 바라보았다.

사와디는 여전히 말없이 두 사람의 대화를 주의 깊게 듣고 있었다.

"세계는 지금 미국과 소련이라는 두 세계가 양립되어 있습니다. 그것만으로도 전 세계가 집결되어 있는 형국입니다. 하지만 그것도 거의 끝이 나고 있다는 느낌입니다. 아마도 그 시작은 베를린 장벽의 문이 열리면서 결국 그 장벽이 허물어지는 것에서부터 댐이 툭 터지듯이 터지겠죠."

"과연 베를린 장벽이 허물어질까?"

"지금 당장은 아니더라도 조만간 그럴 가능성이 높습니다. 이미 동, 서독 간의 왕래가 정식으로 이뤄지고 있지 않습니까?"

"글쎄, 그것만으로는 알 수가 없지 않을까? 이념이라는 문제는 생각보다 아주 큰 것일세."

무함마드 왕자가 김춘추의 말에 반박하고 나섰다.

"이념, 이데올로기? 글쎄요. 전 그렇게 생각하지 않습니다. 이 모든 것들은 단지 전 세계 인간들을 통제하기 위한 수단에 불과하다고 봅니다. 정치인들이 자신의 권력을 합리화하는 기반으로 사용될 뿐이죠."

김춘추는 여전히 자신의 생각을 펼쳤다.

"정치인들이 자신의 권력을 합리화하는 기반으로 이데올로기를 사용한다는 점에는 동의하네. 하지만 전 세계 인간들을 통제하는 수단이니 하는 말은 너무 음모론적일세."

"과연 그럴까요?"

김춘추는 그렇게 반문하면서 한 조직을 떠올렸다.

황금여명회.

비록 그 이름을 밝힐 수는 없지만, 그런 조직들이 전 세계에 단 하나뿐일까?

세계적인 명사들이 자신들의 권력 유지와 세계 평화 수호, 혹은 다른 거창한 이유를 들어 비밀리에 활동하는 경우가 얼마나 많을지.

생각하기도 싫었다.

겉으로 드러나든 드러나지 않든 사실 인류는, 혹은 인류 중 자신이 잘났다고 생각하는 몇몇 인간들조차 모르는 것이 있다.

이조차 거대한 우주의 수레바퀴 안이라는 것을.

그 자신이 움직이는 것 같지만, 그 역시 수레바퀴를 돌리는 나사 중 하나일 뿐이다.

김춘추는 이내 고개를 저었다. 대화가 자칫 위험하게, 생뚱맞게 흘러갈 수가 있기 때문이다.

"왕자님 말씀이 옳습니다. 어쨌거나 지금의 냉전 시대는 조만간 끝이 다가올 겁니다. 그동안 서로 경쟁하듯이 무기를 생산해 내지 않았습니까? 미국의 입장에서는 막대하게 쌓인 무기들을 팔지 않을 수 없을 겁니다."

"자네는 지금 내 삼촌을 이용해서 무기를 판매하고 있는 CIA의 행동이 앞으로 냉전 시대가 막을 내릴 것을 예측하고 새로이 세계정세를 짜고 있다는 뜻인가?"

무함마드 왕자의 눈빛이 빛났다.

"그렇습니다. 미국은 어떻게 해서든지 세계 강대국으로 군림해야겠죠. 그렇기 위해서는 새 적이 필요하고요."

"흠."

"아직 일어나지 않은 일이라서 속단하기는 어렵겠죠. 하지만 흘러가는 양상은 명확하게 보여 주고 있네요."

그 말을 끝으로 김춘추는 입을 다물었다. 무함마드 왕자의 심기가 어지러워 보였기 때문이다.

미국은 새로이 판을 짜고 있다. 이런 판은 어제오늘 만들어진 것이 아니다.

판이 깨질 경우를 대비해서 언제든 권력을 유지할 새 판을 준비시켜야 한다.

이번 경우, 소련이 언젠가 몰락한다면 그다음은 중동이 새 타킷이 될 것이다.

그리고 섣부른 판단이겠지만, 파흐드 국왕의 행보를 보니 그 역할을 이란이 맡아 줄 것 같았다. 국왕이 일부러 이란을 자극하는 것처럼 보이니까 말이다.

"어떻게 하면 좋지?"

한참을 고심하던 무함마드 왕자가 김춘추를 보면서 물었다.

"제거하면 되겠네요."

김춘추가 별거 없다는 듯이 말하자, 그 말에 기가 막힌지 무함마드 왕자가 소리쳤다.

"뭐? 국왕을 제거해?"

"그러니까요. 왕자님이 안 당하려면 국왕을 제거하던지. 게다가 국왕을 제거하면 골치 아픈 일들도 중단되니 일거양득이겠군요."

무함마드 왕자가 김춘추를 보면서 물었다.

"자네, 진심인가?"

김춘추가 싱긋 웃었다.

"제가 왜 진심입니까? 전 그냥 대안을 말씀드렸을 뿐입니다."

"어이없군. 하지만 그렇게 할 수만 있다면 속이 다 시원하겠네."

무함마드 왕자가 고개를 격하게 흔들었다. 그러고는 다시 김춘추에게 물었다.

"그런데 그것 말고는 없겠나? 자네 생각보다 내 배포가 작네. 국왕을 제거할 만한 배짱도 없지."

"그러면 수그리고 사셔야죠."

"그건 내가 답답해서 못살겠네."

한숨을 내쉬며 김춘추가 말했다.

"휴우, 이것도 안 된다, 저것도 안 된다. 이 길밖에 없습니다."

무함마드 왕자가 눈빛을 반짝이면서 물었다.

"왜 그렇지? 자네 말대로 수그리고 살아야 한다고 했지만, 과연 내 행동을 국왕이 곧이곧대로 봐줄까?"

"국왕에게 직접 찾아가셔야죠. 어차피 차세대 수다이지파 가문의 후계자 아닙니까? 살려 달라고 비세요."

"……"

말문이 막힌 무함마드 왕자가 기가 막힌 눈빛으로 김춘추를 바라보았다.

김춘추가 그 모습을 보고 단호하게 말했다.

"항상 고개를 빳빳하게 드는 것이 반드시 옳은 것은 아닙니다. 갈대가 태풍 속에서는 더 잘 견딥니다. 지금은 왕족들의 모든 신경이 파흐드 국왕과 왕자님에게 향해 있습니다. 결국 파흐드 국왕을 왕자님의 편으로 끌어들여야 합니다. 자신을 수호자 운운했던 파흐드 국왕은 조만간 그다지 좋지 못한 꼴을 당할 것입니다. 그건 그거대로 흘러가니 괜히 나서서 지금처럼 비난하셨다가는 그때 가서 더 큰 불똥이 왕자님에게 튕길 수 있습니다. 지금이야 다른 나라에서 암살을 시도했지만, 그때는 고국에서 잔인하게 당할 수도 있습니다. 일단은 수그리세요. 때는 다가옵니다. 머지않아."

"하지만……."

무함마드 왕자가 더 뭐라 말하려다 말고 멈추었다. 김춘추의 말에 반박할 여지가 없었기 때문이다.

한참을 고심하더니 무함마드 왕자는 이윽고 대답을 했다.

"…알겠네."

그는 신뢰 가득한 눈빛으로 김춘추를 바라보았다.

친우와 얘기를 나눠 보니 불명확한 세상이 명확하게 다가왔다. 이해되지 못했던 조각들이 서서히 그림을 갖춰 나가기 시작했다.

정말이지 김춘추라는 존재가 다시 한 번 크게 다가왔다. 그리고 젊은 혈기와 열정만으로 바위에 달걀을 깨트리려고 했던 자신의 오만과 자만을 다시금 뼈저리게 느꼈다.

왕자의 대답을 들은 김춘추는 곧바로 의자에서 일어나

면서 말했다.

"가시죠."

무함마드 왕자가 김춘추의 말을 이해하지 못하고 되물었다.

"어, 어딜?"

"파흐드 국왕을 알현해야지요. 명색이 친우인데 왕자님 혼자 사지로 제가 밀어 넣겠습니까?"

김춘추가 씨익 웃었다.

순간, 무함마드 왕자는 가슴속에서 뜨거운 무언가가 치밀어 오르는 것을 느꼈다.

"고맙네."

덥썩.

말과 함께 왕자는 김춘추를 얼싸안았다.

"남자끼리 이러는 거 아닙니다!"

김춘추는 웃으면서 그렇게 외치고는 사와디에게 눈짓을 했고, 사와디는 곧바로 전화를 걸었다.

곤히 잠들어 있는 무함마드 왕자의 전세기를 몰 기장에게 말이다.

제4장

재회

김춘추와 무함마드 왕자는 꼬박 6시간 동안 전세기를 탔다.

그래도 호화롭고 안락한 전세기 덕에 김춘추는 조용히 명상을 하면서 보낼 수 있었다.

무함마드 왕자와 사와디, 최측근 수행원 3명은 앞으로의 상황이 긴장되는지 연신 머리를 맞대고 의논을 했다. 그들은 회의 중에도 김춘추의 명상을 방해하지 않으려고 최대한 나지막이 속삭이는 등의 배려를 했다.

평소 김춘추에게 말 걸기를 좋아하는 무함마드 왕자조차 이때만큼은 침묵을 지켰다.

전세기가 사우디아라비아 왕족 전용 공항에 도착하자마

자 이들은 곧바로 왕궁으로 향했다. 파흐드 국왕의 알현을 신청하기 위해서였다.

그러나 그들이 도착하자마자 국왕의 비서실장이 그들을 마중 나왔다. 이미 이들이 올 것을 알고 있었던 것이다.

김춘추와 무함마드 왕자는 서로에게 눈짓을 했다.

무함마드 왕자의 얼굴에 긴장의 빛이 떠올랐지만, 김춘추가 고개를 끄덕이자 이내 침착함을 되찾았다.

'잘하겠군.'

김춘추는 입가에 미소를 머금었다.

"국왕께서는 왕자님만 들여보내라고 하셨습니다."

비서실장이 예의 바른 태도로, 그러나 단호한 어조로 무함마드 왕자에게 말했다.

"알겠네."

무함마드 왕자가 고개를 끄덕였다. 그러고는 김춘추를 향해서 씨익 웃었다.

"여기서 기다리지 말고 왕궁을 구경하게."

"저야 좋지요."

"그럼 다녀오겠네."

그렇게 말하고는 국왕이 무함마드 왕자는 국왕이 기다리고 있는 알현실로 향했다.

그 뒷모습을 김춘추는 잠시 쳐다보았다.

무함마드 왕자는 모르겠지만, 김춘추는 그의 몸 주변에

투명한 방어막을 쳐 놨다. 그리고 알람 마법도.

그러니 무함마드 왕자에게 그 어떤 해코지도 할 수가 없을 것이다.

그리고 한다고 해도 아무런 소용이 없으며 그 즉시 김춘추에게 신호가 올 테니, 무함마드 왕자의 신변에 대해서는 걱정할 필요가 없었다. 오히려 과잉 대처가 아닌가 하는 생각마저 하고 있었다.

"왕비의 후원에 가시겠습니까?"

다부진 어깨에 강한 인상을 갖고 있는 비서실장이 눈을 번뜩이며 물었다.

그는 자신의 강함을 애써 숨기려고 하지 않았다. 다른 나라의 비서실장들과 대조해 보아도, 차라리 경호실장의 직책이 더 어울릴 만한 사내였다.

'무슨 의도지?'

"왕비의 후원이라……. 안내 부탁드립니다."

김춘추는 정중한 어조로 대답하고는 비서실장의 안내에 따라 왕비의 후원으로 향했다.

왕비의 후원은 알현실과 남쪽으로 10여 분 떨어져 있는 곳에 위치해 있었다.

테라스 한쪽의 문을 여니 향긋한 꽃 향이 날아왔다.

후원과 연결되어 있는 통로 안은 순식간에 달콤하고 유혹적인 향으로 진동했다.

"이곳이 왕비의 후원입니다."

비서실장이 한쪽 손으로 후원 쪽을 가리키면서 말했다. 그는 들어가지 않을 작정인가 보다.

김춘추가 후원으로 들어가기 전에 물었다.

"어느 왕비님의 후원입니까?"

그러자 비서실장이 대답했다.

"이곳은 모든 왕비님의 공용 후원입니다."

"흠, 결국 누구도 이곳을 사용하지 않는다는 뜻 같은데요?"

"그렇기도 합니다. 왕비님들의 거처는 이 왕궁에서도 제일 깊숙한 곳에 있습니다. 그러니 알현실과 가까운 이곳의 후원에 오실 일은 드물지요."

"그렇다면 왜 왕비의 후원이라고 이름을 지었나요?"

"오래전부터 그렇게 이름 붙여져 내려왔습니다. 그럼 저는 이만 물러가겠습니다. 좋은 시간 되십시오."

계속되는 김춘추의 질문에 귀찮다는 듯이 비서실장은 자기 할 말만을 마치고 재빨리 그 자리를 떴다.

돌아서는 그의 얼굴엔 일순 알 듯 말 듯한 미소가 스쳐 지나갔다.

'날 이곳으로 안내한 것은 필시 속셈이 있어.'

김춘추는 어깨를 한 번 으쓱하고는 왕비의 후원으로 향

했다.

후원에는 온갖 나무들과 꽃들이 피어 있었다.
가꾼 이의 정성이 얼마나 대단한지 한눈에 느껴졌다. 필시 파흐드 국왕은 이곳 왕비의 정원에 상당한 돈을 쓰고 있는 것이 분명했다.
그로부터 10여 분 후, 김춘추는 여전히 왕비의 후원을 거닐고 있었다.
이곳은 상당히 넓었다. 이 후원의 꽃과 나무들을 다 들여다보려면 족히 한 시간은 더 걸릴 듯했다.
그때였다.
"으흥으윽윽."
어디선가 여자의 달콤한 교성인지 뭔지 알 수 없는 소리가 나지막이 들려왔다.
'뭐지? 여기 이런 곳인가?'
순간 김춘추는 당황했다.
왕비의 후원이라고 이름 붙여진 곳이, 혹시······.
김춘추는 무안한 표정을 짓고 발길을 돌리려고 했다.
하지만 그는 이내 걸음을 멈추었다. 들려오던 교성이 그치고, 그녀가 일어나는 것이 느껴졌기 때문이다.
그리고 그 여자는 곧 김춘추가 있는 곳으로 다가왔고, 이내 그녀의 얼굴을 볼 수 있었다.

"세상에, 여기서 만나다니!"

김춘추를 발견한 크리스티나가 환호성을 내질렀다.

"크리스티나."

김춘추는 그녀의 이름을 불러 주었다.

와락.

크리스티나는 김춘추의 품 안으로 뛰어들었다. 무척이나 반가운 모양이었다.

김춘추 역시 이런 곳에서 크리스티나를 만나자 반가웠다. 하지만 거의 나체에 가까운 그녀가 품 안으로 뛰어드니 몸이 달아오르는 것은 속수무책이었다.

안 그래도 여자의 교성에 살짝 당황하던 차였다.

수없는 전생의 경험을 통해서 섹스 따위야 얼마든지 초월할 수 있었지만, 그의 육체는 이제 갓 20살의 청년.

전라에 가까운 여자가 안겨 오니 아랫도리에서부터 뭉클하게 신호가 오기 시작했다.

"도대체 무슨 일이지?"

김춘추는 재빨리 크리스티나를 품에서 떼어 놓고 물었다. 물론 그의 눈은 크리스티나의 얼굴만 바라보는 채였다.

"무슨 일? 왜 무슨 일이 있었다고 생각하지?"

크리스티나가 갸우뚱거리면서 말했다.

"옷은 어디다 두고?"

김춘추가 머쓱하게 물었다.

"아, 나 마사지 받고 있던 중이야."

크리스티나가 싱긋 웃었다.

그녀의 상반신은 아무것도 가려져 있지 않았다. 게다가 하반신에는 실크로 만들어진 분홍빛 천을 스카프처럼 두어 번 둘러 한쪽으로 묶었을 뿐이다.

"여기서?"

김춘추가 어이없다는 표정을 지었다.

이곳은 명색이 왕궁이다.

엄격한 이슬람 국가, 왕궁의 후원에서 버젓이 마사지 중이라니.

"응, 나 여기서 머물러. 몰랐어?"

크리스티나가 짐짓 모른 척하면서 되물어 왔다.

"후원에서 머문다고?"

"이곳을 거처로 삼겠다고 했더니 국왕이 순순히 쓰라고 하던데?"

크리스티나가 싱긋 웃었다.

김춘추는 그녀의 말에 아무런 대꾸도 하지 않고 가만히 서 있었다.

그 말을 그대로 믿으라고?

크리스티나는 흥분한 기색을 감추지 않았다. 그녀는 김춘추의 손을 잡아 이끌었다.

그는 그녀가 이끄는 대로, 아까 교성이 나던 곳으로 향했다.

그곳에는 화려한 무늬로 수놓아진 휘장이 서 있었다. 그리고 여자 마사지사 2명이 오일을 묻힌 손으로 그녀를 기다리고 있었다.

"너도 누워."

크리스티나가 해맑게 웃었다.

피식.

김춘추는 뭔가 진 기분이 들었다.

그 자신도 동양뿐 아니라 서양에도 살았던 적이 있었다. 하지만 그의 기억에는 이처럼 당당하게 여자들이 대우받고 움직이던 때가 없었다.

1960년대, 미국에서 낙태 합법화가 통과되면서 혼란과 동요의 시기를 넘어서면서 여권이 성장하기 시작했다.

털썩.

김춘추는 크리스티나가 권해 준 선 베드에 자리를 잡고 앉았다.

"그런 차림새로 어떻게 마사지를 받니?"

크리스티나가 가볍게 웃으면서 김춘추의 앞으로 다가왔다.

"내가 벗지."

김춘추가 무덤덤하게 대꾸하고는 자신의 거추장스러운

윗옷을 전부 벗어 버렸다. 그러자 잔근육이 물결처럼 출렁거리는, 보기만 해도 탄성을 부르는 멋진 상체가 드러났다.

크리스티나뿐만 아니라 마사지사들의 눈동자도 휘둥그레졌다.

"아, 아래는?"

크리스티나가 침을 꿀꺽 삼키면서 호기심 가득한 눈빛으로 물었다.

사실 그녀는 자신의 감정을 억누르고 있었다.

김춘추를 본 순간 자신도 모르게 그에게 키스를 날릴 뻔한 것을 간신히 참았다.

못 본 사이에 더 멋있어졌다. 더 남자다워졌고.

자신의 몸을 보지 않으려고 애쓰는 그 모습 또한 귀여웠다.

뭐랄까? 이제 조금 사람 냄새가 난다고 할까?

그래서 그녀는 무례인 줄 알면서도 일부러 마사지를 계속 고집했다.

혹시나 자신의 나신으로 김춘추가 유혹당해 준다면 땡큐고. 아니라면 어쩔 수 없지만.

8등신, 아니 9등신에 가까운 자신의 몸매라면 김춘추를 유혹할 수 있지 않을까 하는 기대감도 있었다.

"상반신만 부탁합니다."

크리스티나의 말은 무시한 채, 김춘추는 대기하고 있던

마사지사에게 아랍어로 말하고는 선 베드 위에 엎드렸다.

별수 없다고 생각했는지 크리스티나도 자신의 선 베드 위에 누웠다.

마사지사의 손길이 부지런히 그들의 등을 어루만졌다.

"국왕이 어째서 이곳을 거처로 내준 겁니까?"

"내가 원했기 때문이지."

크리스티나가 별거 아니란 식으로 대답했다.

"이곳에 잘 곳은 있습니까?"

"오홍홍, 이곳에 대해서 잘 모르나 봐. 한때는 국왕들이 유흥을 즐기던 곳이지. 뭐, 이름도 그렇잖아."

"아."

김춘추는 그제야 왕비의 후처라는 말을 이해했다. 한마디로 국왕들의 욕망을 해소하던 곳이었다.

"물론 지금은 아니야. 그냥 손님용 후원이지. 백인들이 원래 선탠을 좋아하잖아. 국왕이 그것을 배려해서 우리에게 내준 거야."

"그렇군. 제법 국왕이 센스가 있단 얘기네."

"으응홍홍."

크리스티나는 콧소리를 냈다. 그런 그녀의 목소리는 어딘가 들떠 있었지만, 김춘추는 애써 무시를 했다. 그러고는 크리스티나에 대해서 생각했다.

그녀와는 황금여명회를 통해 인연을 맺었다.

황금여명회. 그곳에 입단 테스트를 받을 정도라면 대단한 이력의 소유자일 것이다.

파흐드 국왕이 일개 백인 여자에게 이곳 후원을 내줄 리는 없고, 그러한 배경이 한몫했을 것이다.

그때, 엎드려 있던 크리스티나가 옆으로 살짝 몸을 움직였다. 그 바람에 허리춤에 매어 있던 실크 천이 벌어지면서 그 사이로 그녀의 허벅지가 적나라하게 드러났다.

물론 김춘추는 그녀에게 시선을 돌리지 않았다.

"비서실장이 나를 이곳으로 데려온 것도 우연이 아니군."

"그렇지. 내가 사용하는 임시 거처인데 아무나 데려오겠어?"

"내가 올 줄 알았어?"

김춘추는 여전히 엎드린 채로 물었다.

"솔직히 말해서, 네가 이 아침에 사우디 왕궁에 나타날 줄은 몰랐지. 그건 내가 재수 좋았던 거고. 무함마드 왕자가 씩씩대면서 친구랑 이곳으로 달려오고 있다고 누가 알려 주더라고."

크리스티나가 조금은 기대에 찬 들뜬 눈빛으로 말했다. 하지만 김춘추는 여전히 요지부동이었다.

"그래서 안 거군."

"친구가 오는데 당연히 내 거처로 데려와 달라고 부탁했지. 깜짝 놀래 주고 싶으니 아무런 말도 하지 말고 데려오라는 부탁도 함께 말이야."

크리스티나가 싱긋 웃었다.

"마사지로 환영해 주다니 고맙군."

김춘추가 그제야 얼굴을 들면서 말했다. 그러자 그의 시선 안에 어쩔 수 없이 크리스티나의 몸이 고스란히 들어왔다.

하지만 처음과는 달리, 김춘추의 표정은 오히려 냉정했다.

한 번도 그녀를 여자로 생각한 적이 없는 이상, 나체로 그녀가 자신의 앞에 선다고 해도 흔들릴 이유가 없었다.

"칫."

크리스티나가 입술을 삐죽 내밀었다.

"무슨 일로 왔지?"

김춘추가 단도직입적으로 물었다.

"무슨 일로 왔겠어?"

반문한 크리스티나가 상반신을 일으켜 세워 선 베드 위에 자세를 고쳐 앉았다.

"무기 때문이겠지."

김춘추가 딱 잘라 말했다.

"내가 무슨 일을 하는지 잘 아네."

그다지 놀란 기색 없이 크리스티나가 대꾸했다. 어느새 그녀는 대담하게도 다리를 꼬았다.

오른쪽 다리가 왼쪽 다리의 허벅지 위로 가는 그 순간, 그녀의 은밀한 곳이 찰나이지만 적나라하게 김춘추의 눈에 포착되었다.

하지만 김춘추는 전혀 당황하지 않았다. 그녀가 그럴수록, 아니 시간이 가면 갈수록 점점 더 냉정해지고 있었다.

"네가 CIA인 거야 이미 알고 있으니, 그다음은 바보가 아니더라도 추리할 수 있지."

"그렇긴 하네."

"다만."

말을 하려다 말고 김춘추가 크리스티나의 얼굴을 빤히 쳐다보았다.

"다만?"

순간 기대감을 갖고 크리스티나가 쳐다보았다.

"고속 승진할 줄은 몰랐지."

김춘추가 싱긋 웃었다.

"칭찬이네."

그 말에 크리스티나는 환히 웃었다.

사실 김춘추를 유혹하기 위해서 안간힘을 쓰면 쓸수록 그의 표정이 냉담해지는 것을 보고 그녀는 자신의 행동을 무척 후회했다. 하지만 이대로 어정쩡하게 물러설 수는 없는 법. 계속해서 무리한 시도를 해 보았다.

그럴수록 더욱 냉담한 김춘추의 모습에 이제는 절망에

빠져 있었다.

그런데 김춘추가 갑자기 자신에게 웃어 주었다. 그것만으로도 안심이 되었다.

그리고 그 덕에 용기가 생겼다.

"칭찬해 주었으니 나도 상을 줘야지."

그렇게 말하면서 김춘추에게 다가온 크리스티나는 마구 키스를 퍼붓기 시작했다.

그러자 마사지사들은 황급히 자리를 피했다. 이런 일은 흔히 있었는데, 마사지를 받다 보면 몸이 자극을 받아서 욕망의 갈증을 불러일으키기도 했기 때문이다.

크리스티나의 돌발 행동에 순간 멈칫했지만, 김춘추는 그녀의 행동을 말리지는 않았다.

✦ ✦ ✦

무함마드 왕자가 이들에게 온 것은 12시 이슬람 기도 시간을 보내고 난 뒤였다.

오전에 들어가서 왕과 꽤 오랫동안 있었다는 증거였으니, 일이 잘 풀리고 있다는 증거이기도 했다.

김춘추는 그에게 정식으로 크리스티나를 소개했다.

"국왕 폐하께 말씀 들었습니다."

무함마드 왕자는 예의 바르고 조심스러운 어조로 크리스

티나를 향해서 인사했다.

"춘추와는 친구라면서요? 말씀 낮추세요."

크리스티나가 환히 웃으면서 말했다. 어느새 그녀는 밝은 갈색의 투피스 차림이었다.

"이 친구도 몰랐나 보네요. 크리스티나 양이 센트럴의 이 사인지."

무함마드 왕자가 두 사람을 번갈아 보면서 말했다.

"크리스티나가 사우디 왕궁의 후원을 통째로 빌려 쓰고 있을 줄은 누가 알았겠습니까."

김춘추가 자신도 놀랬다는 듯이 대꾸했다. 그것은 사실이니까.

"정말이지 자네는 발이 넓군. 도대체 어디까지 나를 놀래 줄지 기대가 되는군."

그런 김춘추를 보면서 무함마드 왕자가 혀를 내둘렀다.

자신에게 있어 오늘 새벽까지만 해도 공공연한 적이었던, 미국 CIA가 내세운 위장 기업이 보낸 로비스트마저 김춘추가 아는 인물이었다.

"국왕 폐하를 만난 일은 잘됐나 보군."

"나쁘지는 않았네."

김춘추의 말에 무함마드 왕자가 고개를 끄덕였다. 옆에 크리스티나가 있다는 것이 다소 걸렸으나, 어찌 보면 그녀는 자신들의 편으로 끌어들여야 할 인물이기도 했다.

센트럴 다국적 기업. CIA의 위장 기업이자 군수 무기 공급 회사이기도 했다.

이 사실을 아는 사람은 극히 드물었는데, 아무리 김춘추에게 마음이 있는 크리스티나라도 모든 것을 발설할 리도 없다.

그래도 서로 간의 이익이 되는 선에서는 가장 좋은 파트너가 될 수도 있었다.

현재 사우디아라비아를 둘러싼 중동의 움직임은 매우 심상치 않았다. 김춘추의 말대로 향후 몇 년 내로 거대한 소용돌이가 휘몰아칠 것이 뻔했다.

무함마드 왕자는 파흐드 국왕과 대화를 나누면서 꽤 많은 것들을 배웠다.

물론 그의 정책, 미국과 손잡고 무기를 사들이는 것은 반대했지만.

그 외 사우디아라비아에 대한 국왕의 열정이 지나친 것이지, 자신의 욕심에 의한 것이 아님을 알고는 무함마드 왕자도 다소 누그러졌다.

대화만큼 서로를 잘 이해하게 되는 방법도 없다.

파흐드 국왕은 무함마드 왕자가 기본적으로 대화가 잘 통한다는 것을 인정했다. 서로의 고국에 대한 열정과 사랑이 다른 어떤 왕족들보다 강하다는 사실도 잘 알고 있었다.

그는 무함마드 왕자에게 테러를 사주한 일에 대해서 해명했다. 그 자신이 직접 명령을 내리지 않았지만 아랫사람들의 과잉 충성임을 시인한 것이다.

무함마드 왕자 역시 파흐드 국왕의 이런 자세가 마음에 들었다.

그렇게 테러 사건은 서로가 없던 일로 하기로 했다. 대신 파흐드 국왕은 무함마드 왕자를 정무내신으로 임명했다.

미국과 손을 잡았다고는 하나 파흐드 국왕 역시 무함마드 왕자와 같은 고민을 하고 있던 차였다. 그가 선택할 수 있는 선택지들이 점점 좁아지고 있었기 때문이다.

무함마드 왕자도 이 기회에 아예 파흐드 국왕의 곁에 바짝 붙어 있기로 했다. 외부에서 비난하는 것보다 직접 정치에 관여해서 자신이 원하는 흐름을 만들기 위해서였다.

파흐드 국왕의 판단력이 자칫 흐려질 것을 우려하는 바도 있었다.

"앞으로 종종 뵐게요, 왕자님."

크리스티나는 환한 웃음을 지으면서 말했다. 그러자 무함마드 왕자는 정중하게 대꾸했다.

"매일 보시게 될 겁니다."

크리스티나는 무함마드 왕자와 김춘추를 바라보면서 웃었다.

지금 그녀의 심장은 온탕과 냉탕을 오고 가고 있었다.

하지만 사업은 사업이다. 따라서 무함마드 왕자의 앞에서 자신의 기분을 드러내는 아마추어 같은 행동을 하지는 않았다. 확실히 그녀는 프로였다.

사실 미국에서 중동까지, 사우디아라비아의 왕궁에 처박혀 있게 된 이래, 자신에게 이런 일이 생길 줄은 예상하지 못했다.

아니, 어쩌면 조금은 기대했을지도 모른다.

처음엔 자신이 원하는 한국이 아닌 사우디아라비아에 파견되자 매우 좌절했었다. 그런데 김춘추가 제 발로 왕궁에 나타난 것이다.

무함마드 왕자와 김춘추가 친하다는 것은 신상 정보를 통해서 이미 다 아는 내용이었다.

하여, 조금은 이곳에서 보게 되지 않을까 하는 기대감은 있었지만, 그 기대감이 이렇게 빨리 보답받으리라고는 꿈에도 생각지 못했다.

두 사람 사이의 키스는 한여름 밤의 꿈처럼 아늑하고 달콤했다. 하지만 딱 거기까지였다. 그다음 진도를 원하던 그녀의 바람은 이뤄지지 않았다.

아마도 키스 역시 자신이 무안해할 것을 염려해서 김춘추가 더 이상 막지 않고 응했을 것이다.

크리스티나는 김춘추를 흘낏 쳐다보았다.

그녀의 삶에서 진심으로 이렇게 원하는 남자가 있었을까? 처음 만나던 그 순간부터, 김춘추는 그녀에게 있어서 손에 닿지 않는 신비로운 존재였다. 그리고 손에 넣고 싶은 존재이기도 했다.

 자신에게 기회가 있을까 하는 의구심이 일 정도로, 그의 주변에는 엄청난 미녀들이 많았다.

 게다가 그런 미녀들조차 길가의 돌멩이로 여길 정도로 그의 행동은 냉정한 편이었다.

 달콤한 그의 키스는 그가 정말 그녀가 알던, 냉정한 그 사람이 맞을까 하는 의구심마저 일어나게 했다.

 키스만이라도 오늘 밤 내내 그와 나누고 싶을 지경이었다.

 평소라면 센트럴의 여타 임원들보다 더 이성적이고 냉철한 여자라고 평을 받는 크리스티나였지만, 지금은 한여름 밤의 추억에 들뜬 여자에 불과했다.

 무함마드 왕자의 눈에도, 김춘추의 눈에도 뻔히 보였다.

 그녀가 아무리 프로처럼 냉정을 가장하고, 사업상의 미소를 짓고 있지만 그녀의 두 눈을 열기에 들떠 있다가도 한순간 커다란 좌절감에 물들기도 했다.

 무함마드 왕자야, 두 사람이 만리장성을 쌓든 말든 상관은 없다. 아니, 오히려 그가 견제하고 있던 미국 측의 로비스트가 자신의 친우에게 이처럼 목을 매는 광경을 보니 이로운 무기 하나가 손에 들어온 것처럼 느껴졌다.

 하지만 김춘추의 성격상, 그녀를 이용하려고 들지도 않

을 것이 뻔했다.

그렇다고 일부러 피할 필요도 없었다.

"국왕 폐하께서 오늘 저녁 파티를 연다고 하는군."

무함마드 왕자가 김춘추에게 알려 왔다.

"그렇겠지."

김춘추는 고개를 끄덕였다.

"전세기는 언제 빌려 줄까?"

무함마드 왕자의 물음에 김춘추가 대꾸했다.

"지금 당장."

그러자 무함마드 왕자가 안 된다는 식으로 말했다.

"파티는 참석해야지."

"그럴 줄 알았지."

김춘추가 고개를 저었다.

"내일 아침 전세기를 준비시키겠네."

"잘 쓰겠네."

두 사람의 대화를 듣던 크리스티나의 두 눈동자가 격하게 흔들렸다.

"어, 어딜 가려고?"

그녀는 애써 침착한 목소리로 물었다.

"한국으로 돌아가야지. 일이 너무 밀려 있어."

김춘추가 아무렇지도 않게 말했다.

"아."

순간, 크리스티나는 깊이 낙심했다.

그리고 김춘추에게 있어서 자신의 존재가 얼마나 보잘것없는지, 키스 한 번에 그를 가졌다고 생각한 자신이 얼마나 어리석은지 깨달았다.

그동안 많은 사내들과 관계를 가져왔지만, 사랑에 빠져서 그런 것은 아니었다. 즉흥적으로 한 번 관계를 가진 적도 많았다.

직업상 한 사람과 오래 사랑을 나눌 만한 위치도 아니었고, 자신의 신분을 드러내는 것도 위험했다. 그렇다 보니 그때그때 분위기에 취해서 사랑을 나눈 적이 태반이었다.

그런데 겨우 키스 한 번이다. 어쩌면 그런 까닭에 김춘추를 보자 그전보다 더욱 욕망이 끓어올랐는지도 모른다.

'그냥 키스야.'

크리스티나는 심호흡을 하면서 자신의 마음을 가다듬었다. 그가 한 번 키스에 응해 주었다고 자신의 남자처럼 생각하는 스스로의 태도에 놀라고 있었다.

늘 있던, 별거 아닌… 그러나 잊을 수 없는.

그래, 그런 거야.

내 삶이 달라진 것은 없어.

크리스티나는 자신도 모르게 두 손을 맞잡고 있었다.

"크리스티나, 식사하러 갈까?"

그런 그녀의 마음을 아는지 모르는지, 김춘추가 그녀에게 손을 내밀면서 말했다.

"으응."

크리스티나는 김춘추의 손을 맞잡으면서 고개를 숙였다.

또다시 설렌다. 그의 자상한 목소리가 그녀의 귓가에 맴돌았다.

'조금은 기대해도 될까?'

그날 오후는 정신없이 돌아갔다.

김춘추와 무함마드 왕자는 다국적 기업인 센트럴과 파흐드 국왕의 거래를 파악하느라 시간을 전부 쏟아야 했다.

물론 무함마드 왕자가 이제부터 국왕의 옆에 있으니 시간은 많은 편이었다. 하지만 김춘추에게는 시간이 없었다.

국왕이 잘못된 계약을 맺은 것은 아닌지 무함마드 왕자는 김춘추에게 거듭 확인을 요구했다.

그 덕에 크리스티나는 김춘추와 단둘이 있을 시간을 전혀 갖지 못했다. 그녀로서는 매우 실망이었지만, 사랑 때문에 처신을 엉망으로 구는 타입은 절대 아니었다.

왕궁의 밤은 휘황찬란했다.

롤스로이스를 필두로 최고급 외제차들이 왕궁의 앞에 즐

비했다.

　각계각층뿐 아니라 유명한 스타들도 속속들이 얼굴을 내밀고 있었다.

　이날 오전에 국왕의 급작스러운 파티 제안이 있었는데, 어디서 이렇게 많은 사람들이 온 건지. 새삼 사우디아라비아의 저력을 확인할 수가 있었다.

　중동에서 내로라하는 저명인사들과 할리우드에서 이름을 크게 날린다는 스타급 배우들, 그리고 명문 리그에서 활약하고 있는 축구 선수들도 심심찮게 껴 있었다.

"대단한데?"

　파티장 한쪽 기둥에 등을 맞대고 서서 파티에 참석한 손님들을 보면서 김춘추가 중얼거렸다.

"이 정도는 약과지. 오늘 즉석에서 파티를 계획하는 바람에 마돈나도 데려오지 못했는걸."

　무함마드 왕자가 진심으로 아깝다는 듯이 말했다.

"Like a Virgin이 최고지."

　김춘추 역시 고개를 끄덕였다.

"그 섹시 코드는 또 어떻고. 뭇 남성의 마음을 한순간에 빼앗아 가지 않았는가."

"여자라면 지천에 깔려 있는 왕자님 입에서 그런 소리가 나올 줄은 몰랐는데요?"

"여자라면 길가의 돌 보듯 하는 자네 입에서 그런 소리가 나올 줄은 생각지도 못했는걸?"

김춘추와 무함마드 왕자가 서로를 보면서 웃었다.

"제가 보기엔 두 분 다 똑같네요."

몸에 꽉 끼는 빨간 드레스를 입은 크리스티나가 어느새 황금빛이 출렁이는 샴페인 잔을 들고 나타났다.

그녀는 머리를 하나로 묶어 올리고 그 위로 금빛이 찬란한 비녀를 꽂아 고정시켰다.

그리고 그녀의 옆에는 두바이 지도자 셰이크 모하메드가 함께 있었다.

"반갑네."

셰이크 모하메드는 김춘추와 무함마드 왕자에게 반갑게 인사를 해 왔다.

이미 두바이의 석유 개발 문제로 김춘추와 만남을 지속해 오고 있던 사이였다.

처음 만났을 때는 김춘추를 우습게 보았으나, 만남을 지속하면 할수록 김춘추의 미래를 내다보는 판단력 등 많은 것에 감탄하고 있는 그였다.

아이러니하게도 정작 다운스트림 한국 지부에서 펼치고 있는 석유 개발 탐사는 지리멸렬했다. 하지만 김춘추의 조언으로 이뤄지고 있는 국가 단위의 관광 사업은 엄청난 성공 가도를 달리고 있었다.

사막을 인공 섬으로 만드는 계획이 발표되자 많은 사람

들은 의구심을 가졌다. 하지만 그만큼 많은 이들의 관심 또한 몰렸다.

이제는 거의 완성 단계에 접어들었고, 벌써부터 전 세계의 거부들로부터 투자나 방문 제의가 쏟아지고 있었다.

그뿐이 아니다. 세계에서 제일 높은, 5성급이 아닌 7성급의 호텔 역시 엄청난 반향을 불러일으켰다. 다른 나라와 차별화한 전략이 맞아떨어진 것이다.

이 모든 것은 김춘추의 머리에서 나왔다.

셰이크 모하메드조차 상상하기 어려웠던 일이 김춘추의 상상력과 조언으로 현실화되고 있었다.

그 이후, 셰이크 모하메드는 꿈을 꾼다.

남들과 다른 특별한 꿈.

바로 그 특별함이 두바이의 자랑이다.

하여, 김춘추를 보는 셰이크 모하메드의 눈빛은 한없이 경애에 차 있었다.

"자네가 와 있다고 해서 들렀지."

"영광입니다."

김춘추가 정중하게 인사를 했다.

몸이 10개라도 바쁜 셰이크 모하메드가, 무함메드 왕자의 정무내신 취임 기념 파티에 모습을 드러내는 것은 굉장한 성의였다.

이 모든 게 김춘추 때문이기도 했고.

"알 파사 만에서 좋은 소식은 아직 없네."

셰이크 모하메드가 미안한 표정을 지었다. 원래대로라면 김춘추가 지어야 할 표정이었다.

"언젠간 되겠죠."

김춘추가 무덤덤하게 말했다.

"그러길 바라네. 자네의 실력이라면 나도 믿네."

셰이크 모하메드가 샴페인 잔을 기울이면서 대꾸했다.

그는 김춘추가 일부러 알 파사 만을 방치한다는 사실을 모르고 있었다. 그리고 알 파사 만에서 유전이 당장 터지지 않는다고 해도 두바이는 하등 손해 볼 게 없었다.

이미 로열쉘이 수십 년간 탐사 끝에 포기한 곳이었다. 석유가 다른 중동 국가에 비해서 턱없이 적은 두바이로서는 그곳의 유전이 터지면 좋겠지만, 아니어도 지금은 관광도시로서 엄청난 발전을 거듭하고 있었다.

김춘추는 절대 권력에게 은밀하게 물 먹이기 위해서 알 파사 만을 방치하고 있다.

그곳에 분명 유전은 있다. 이미 김한기나 그 자신의 능력으로 확인했다. 하지만 그것을 발견하고 끌어올리는 데도 시간이 꽤 필요하다. 그리고 그렇게 되면 다운스트림 한국 지부의 지분, 절대 권력과 그 가족이 가져간 지분은 다시는 가져오지 못한다. 그렇게 호락호락하게 지분을 넘겨줄 김춘추는 아니었다.

게다가 지금은 시간이 없다.

지구와 판테온을 넘나들어야 하는 그로서는 두바이 알 파사 만까지 신경 쓸 여력이 없었다. 그러니 방치가 맞다.

그것 역시 계획의 일부가 되는 셈이었다.

크리스티나는 김춘추가 무함마드 왕자뿐 아니라 셰이크 무하메드, 그리고 점점 많은 사람들에게 둘러싸여 대화를 나누고 있는 것을 보고 다소 아쉬웠다.

원래대로라면 저 가운데 그녀가 있어야 했다.

그녀는 뛰어난 로비스트로서 사우디아라비아의 왕궁에 모습을 드러낸 이후, 끊임없이 많은 사람들의 관심을 사고 있었다.

하지만 지금 그녀는 그 사실을 질투하지 않았다.

이 밤이 지나면 그가 간다. 다시 한국으로.

그런데 그녀는 아무것도 할 수가 없다.

달콤한 키스는 그저 한여름 밤의 추억처럼 벌써 아득하기만 했다.

스윽.

크리스티나는 자신의 입술을 손가락으로 어루만졌다.

제5장

라이벌

"여어, 이게 누구신가?"

김춘추는 목소리가 나는 쪽으로 시선을 돌렸다.

대진그룹의 김호중 회장이 칵테일 잔을 들고 싱글벙글 웃고 있었다.

"회장님도 이곳에 계신 줄 알았으면 낮에 인사드리러 갈 것을 그랬습니다. 용서하십시오."

김춘추가 예의 바르게 인사를 건넸다.

그를 둘러쌌던 무함마드 왕자와 셰이크 모하메드는 서로 눈짓을 하고는 뒤로 빠졌다.

그러자 크리스티나가 김춘추 옆으로 바짝 다가섰다.

"자네가 바쁘다는 것은 온 세상이 다 아네."

김호중은 계속 웃으면서 말했다. 그러나 그의 눈빛은 예리하게 김춘추를 살피고 있었다.

"대한민국에서 가장 바쁜 사람을 꼽으라면 회장님을 꼽을 것 같은데요?"

김춘추 역시 웃으면서 대꾸했다.

"글쎄, 한국인들은 그리 말할 수도 있겠지. 하지만 자네의 인지도는 타국에서 더 크지 않나? 이거 원, 그렇게 만나려고 애를 쓰던 셰이크 모하메드도 자네를 찾고. 앞으로 나는 자네만 쫓아다녀야겠어."

김호중이 농담처럼 말했다.

'이거 진담 같은데?'

하지만 김춘추는 식겁했다. 그의 눈빛이 너무도 진지했기 때문이다.

"이 미녀는 누구신가?"

김호중이 얼른 화제를 돌렸다. 그러자 기회를 잡은 크리스티나가 그 사이에 끼어들었다.

"안녕하세요. 크리스티나 차일드예요."

"오, 혹시 차일드 가문의 따님이십니까?"

김호중의 눈빛이 더욱 진해졌다.

"제 가문을 알아봐 주시니 감사합니다."

크리스티나가 요염하게 웃었다.

"허허, 이거 영광입니다."

고개를 가볍게 끄덕이면서 인사를 한 김호중이 김춘추를 바라보았다.

'도대체 이 청년은 어디까지 가려고 그러는 걸까? 아니, 한계라는 게 있을까?'

김호중은 새삼 김춘추에게 탄복했다.

도대체 얼마나 뛰어난 화술을 가졌기에, 아니 어떤 감춰 둔 비장의 수가 있기에 전 세계 상위 1퍼센트에 해당하는 사람들을 알고 있을까?

거기다 단순히 아는 것도 아니라 그들에게 사랑과 관심을 받는다.

김호중은 김춘추에게 순간 질투심마저 느꼈다.

자신은 이 사람들도 아닌, 이들의 수하를 만나는 데만도 꼬박 한 달이라는 시간을 투자했던 적이 있었다. 물론 대진그룹 초반에 그런 서러움이 많았다.

그런데 김춘추는 자신과는 전혀 달랐다.

단순히 그의 사업만 놓고 보자면 자신의 그룹 초반과 비슷한 양상이었다. 이제 막 세계로 뻗어 나가기 직전.

한데, 그의 인맥은 상상 초월했다. 아니, 상위 1퍼센트 사람들이 그를 쫓아다니는 것처럼 보였다. 오히려 김춘추는 관심이 없고.

자신이 만약 지금의 김춘추라면 엄청나게 그룹을 키워 냈을 것이다. 그런데 이 청년은 그룹을 키워 내기는커녕, 자신을 쫓아다니는 무함마드 왕자 등을 귀찮아하며 도망 다니지 않던가?

부럽다. 자신이 조금만 더 젊었다면.

김호중은 진심으로 김춘추를 부러워했다.

그는 크리스티나가 김춘추의 팔짱을 끼려고 틈을 보고 있는 것도 눈치챘다.

부럽다. 왜 이렇게 부러운지.

저 여자를 잡으면 차일드 가문의 막강한 정보력도 함께 따라올 가능성이 높았다.

"나라면 이 아가씨에게 좀 더 관심을 기울이겠네."

김호중이 김춘추에게 말했다. 일부러 크리스티나 들으라는 식으로.

"호호호, 역시 회장님은 절 알아봐 주시네요."

그 말에 김춘추가 대꾸도 하기 전에 크리스티나가 말대답을 했다.

"차일드 양처럼 아름다운 여자를 만나는 것은 드문 일이지요."

김호중이 싱글벙글 웃으면서 말했다. 그러자 크리스티나가 한탄하듯이 내뱉었다.

"춘추가 회장님 같았다면 얼마나 좋을까요?"

"저도 저 청년이 부럽습니다. 저라면 절대 차일드 양을 놓치지 않을 겁니다."

"호호호, 말씀만으로도 부끄럽습니다."

크리스티나는 기분이 좋은 듯 보였다.

사실 이런 통상적인 대화는 그녀에게 그다지 의미가 없다. 이런 식으로 대화를 걸어오는 남자들은 지천에 깔렸으니까.

하지만 김춘추가 옆에 있다.

더구나 눈앞의 이 사람은 김춘추와 제법 호의적인 관계를 가지고 있는 사람이다.

크리스티나가 한 번 더 김호중에게 미소를 선사했다. 그러면서 김춘추의 팔짱을 끼었다.

꽉.

흠칫.

김춘추는 크리스티나를 살짝 쳐다보았다.

"방금 회장님 말씀 들었지? 이분이 너라면 날 잡을 거래."

"아."

두 사람의 대화를 건성으로 듣던 김춘추는 그제야 고개를 끄덕였다.

지금 그의 머릿속은 한국에 돌아가서 판테온으로 넘어가기 전에 어떤 일을 마무리하고 지시를 내릴까 하는 생각으로 꽉 차 있었다.

"하하하, 자네는 미인을 너무 방치하네."

김호중까지 옆에서 크리스티나의 편을 들어준다.

"사업에만 매진하다 보니 아직 여자에게 관심을 갖지 못하고 있습니다."

김춘추는 솔직하게 대답했다. 이렇게 곤란한 대화가 오고 갈 때는 솔직하게 말하는 편이 나았다.

"하긴 그렇겠지."

김호중이 이해한다는 듯이 고개를 끄덕였다. 자신도 한때 미친 듯이 일하지 않았던가.

아니, 지금도 그렇다. 가족에 대해서는 생각해 본 적이 거의 없다.

그들의 취미가 무엇인지, 좋아하는 게 뭔지. 자식 녀석이 다니는 고등학교 이름조차 모른다.

사업가들의 비애일 수도 있다.

"자네는 나처럼 되지 말라고."

김호중이 딱하다는 표정을 지은 채 말했고, 김춘추가 고개를 끄덕였다.

"그렇긴 한데……."

"사업이 바쁘긴 하지. 그래도 나는 결혼도 했고 자식이라도 낳았지. 자네는 지금 연애도 하고 아름다운 아가씨와 결혼도 해야 하지 않는가."

그렇게 말하면서 김호중은 크리스티나를 쳐다보았다. 김춘추와의 사이를 응원한다는 눈빛을 띠면서.

크리스티나가 김호중의 의도를 알아채고는 함박웃음을

지었다.

"회장님이 한국에 초대해 주실 건가요?"

"원하신다면 365일 내내 초대해 드리겠습니다. 제 전용 별장이 가평에 있는데, 그곳 경치가 아주 멋집니다. 조만간 두 분을 함께 초대하겠습니다."

김호중이 재빨리, 자신의 소임을 다해서 말했다. 크리스티나의 마음에 들게 말이다.

그러자 그녀의 얼굴이 더욱 밝아졌다.

"춘추야, 들었지? 조만간 회장님 별장에 함께 가 보자."

"초대해 주신다면야 영광이죠."

예의상 미소를 지으면서 김춘추가 대답했다.

그도 김호중 회장과 크리스티나의 속내를 모르는 것은 아니었다.

자신을 두고 두 사람은 암묵적인 거래를 하고 있다.

"호호호, 조만간 한국에서 봬요."

크리스티나가 김호중에게 명백한 축객령을 내렸다.

눈치가 빠른 김호중도 두 사람에게 인사를 건네고는 그 자리를 떴다.

그로서는 꽤 큰 소득을 얻은 셈이었다. 크리스티나 차일드에 대해서 알았으니.

그녀는 김춘추의 파트너로서 이 자리에 참석한 것이 아니다. 오늘 이 자리에서 여주인공처럼 빛나던 크리스티나가 김호중의 눈에도 들어온 것이다.

 도대체 어떤 여자이기에 저토록 수많은 남자들의 관심을 받나 주시하면서, 단순히 상위 1퍼센트를 노리는 그런 여자가 아닐까 하는 생각도 해 보았다.

 마침 그 여자의 주변에 김춘추가 있어 겸사겸사 그에게 다가가 말을 걸었다. 그리고 그 덕에 크리스티나의 가문이 차일드라는 것을 알아냈다.

 이것은 대단한 소득이었다.

 차일드 가문의 딸이 이런 자리에서 여주인공처럼 빛났다는 것은 단순히 얼굴값만 한다는 것이 아니었다.

 그 가문이 가지고 있는 금력도 대단했지만, 정보력도 엄청났다. 그런 여자를 오늘 김춘추에게 소개받은 셈이었다.

 더구나 그 여자가 김춘추에게 목매고 있다는 사실도 알게 되었으니, 김춘추에 대한 김호중의 관심은 더욱 불타올랐다.

 '돈을 더 들여서라도 조사를 깊숙이 시켜야겠군.'

 먼발치에서 김춘추를 흘낏 보면서 김호중은 생각에 잠겼다.

 아무래도 저 청년이 가지고 있는 비장의 한 수가 무엇인지를 알아내야 될 것 같았다.

 단순히 잘생기고 똑똑하고 매력적인 남자들은 이 세계에 얼마든지 있다.

하지만 사우디아라비아의 왕자 중 차차기 왕세자로 주목받는 무함마드 왕자가 쫓아다니고, 냉정하기로 유명한 두바이 셰이크 모하메드가 미소를 지은 채 그를 바라보며, 차일드 가문의 딸이 그와 팔짱 하나 끼기 위해서 목을 맨다?
 김호중의 눈빛은 그 어느 때보다 깊어졌다.

◈ ◈ ◈

 김춘추와 크리스티나는 함께 테라스 쪽으로 나왔다. 순간, 더운 열기가 밀려왔다.
 "후아, 사우디의 밤바람은 후끈하네."
 "사우디답지."
 크리스티나의 중얼거림에 맞장구를 치며 김춘추가 물어 왔다.
 "넌 언제 돌아가?"
 그러자 크리스티나가 빙그레 웃었다.
 "글쎄, 네가 날 한국으로 초대하면 내일이라도 널 쫓아갈 수 있을 것 같은데?"
 "그건 좀."
 김춘추가 고개를 저었다.
 "칫, 이 더운 나라에서 날 좀 빼내 주면 안 되니?"
 "내일 아침 돌아가면 바빠서 네 얼굴 볼 시간도 없어."

"나도 바쁘거든?"

크리스티나가 토라져서 투덜거렸다.

"물론 알지. 너처럼 바쁘신 분을 모셔다 놓고 방치하면 실례잖아."

김춘추가 크리스티나의 얼굴을 지그시 바라보면서 말했다.

그도 그녀와의 키스가 마음에 걸렸다.

황금여명회의 일로 인해서 그녀와 무척이나 가깝고 좋은 친구 사이가 된 것은 맞다.

하지만 여자로서는 그녀에게 그다지 관심이 없었다. 그녀뿐 아니라 그 누구라도 말이다.

아, 한 사람.

리디아 얼굴이 이 순간에 떠오른다.

왜 떠오르는지 모르겠지만.

어쨌건 지금은 여자에게 관심을 줄 시간이 그에게는 없었다.

김춘추는 자신도 모르게 크리스티나의 머리카락을 매만졌다. 그러자 크리스티나의 볼이 발그레해진다.

그녀는 기대하는 눈빛으로 그를 쳐다보았다. 낮의 뜨겁고 달콤한 키스가 떠올랐다.

그는 겉보기에는 차갑지만, 누구보다 뜨거운 열정이 그 안에 숨겨져 있다.

아직 드러나지 않았을 뿐.

크리스티나가 자연스럽게 김춘추의 목덜미를 두 팔로 감싸 안았다.

가는 여자는 잡지 않고 오는 여자는 말리지 않는다는 말이 있지 않던가.

그녀의 입김이 얼굴을 간질이자, 김춘추는 망설이지 않고 그녀의 입술을 덮쳐 나갔다.

"으으으."

신음 소리가 가볍게 흘러나왔다.

키스가 진해질수록 그녀의 몸은 달아올랐다.

하지만 김춘추는 그 이상 진행을 하지 않으면서도, 그렇다고 멈추지도 않았다. 폭풍 같은 달콤함이 그녀의 전신을 사로잡았다.

그녀는 온몸에서 열기를 뿜어내고 있었다.

한시라도 빨리 파티장을 벗어나고 싶었다. 둘만의 달콤한 시간을 갖기 위해서 말이다.

평소의 그녀라면 장소를 신경 쓰지 않고 키스 이상의 행동도 서슴없이 했을 것이다.

"이, 곳을 나가, 자."

크리스티나의 목소리가 반쯤 잠겼다.

"아직 안 돼."

김춘추가 단호하게 대답했다.

그와 동시에 두 사람의 몸이 떨어져 나갔다.

방금 키스를 나눈 사이라고는 믿어지지 않게, 김춘추는 금방 냉정을 되찾았다.

하지만 크리스티나는 여전히 키스에 취해서 몽롱한 눈빛이었다.

"왜……?"

그녀는 자신도 모르게 애걸하는 눈빛으로 김춘추를 바라보았다.

자존심이 하늘을 찌르던 차일드 가문의 영애가 지금 남자에게 사랑을 갈구하고 있었다.

"충동적으로는 하고 싶지 않아서."

김춘추가 짤막하게 대답했다.

"난 상관없어."

크리스티나가 자존심을 전부 버리고 말했다.

"잠시 인사할 사람이 있어. 조금만 기다려."

김춘추가 그리 말하면서 크리스티나의 머리에 살짝 입술을 갖다 대었다.

그녀와의 관계가 두렵거나 조심스러운 것은 아니었다. 한 번의 관계로 크리스티나가 결혼을 하자고 덤빌 것도 아닌데, 겁낼 이유도 없었다.

다만, 처리할 일이 하나 이곳에 등장했다. 이대로 크리스티나와 파티장을 빠져나갈 수는 없었다.

김춘추는 달아오른 몸을 어쩔 줄 몰라 하는 크리스티나를 잠시 내버려 두고 파티장으로 복귀했다.

◈ ◈ ◈

파티장에 다시 들어서자, 그가 찾던 작자의 목소리가 들려왔다.
"이제 좀 시간이 나는 것 같군."
차가운 목소리의 주인공, 오성그룹의 이사현이었다.
김춘추는 천천히 뒤를 돌아보았다.
"워낙 바쁘신 분이라 한국에서는 코빼기도 보기 어렵던데?"
이사현이 비릿한 미소를 띤 채 말했다. 그러자 김춘추가 무덤덤하게 대꾸했다.
"절 찾으신 것 같군요."
'알아서 찾아왔군.'
그는 이사현을 바라보면서 속으로 생각했다.
크리스티나에게 처리해야 할 일이 있다는 것은 바로 이사현을 두고 한 말이었다.
오성항공을 이희철에게 넘겨받았다.
물론 고급 포션 외에도 충분한 대가를 주고 지분을 인수받았으니 딱히 거리낄 것은 없다.

하지만 이사현의 입장에서는 달랐다.

돌아가실 줄 알았던 할아버지 이희철에게서 언제 자신에게 오성항공 지분이 넘겨질지 기대하고 있던 차였다. 그것 하나만 보고 다른 손자들과는 달리 이희철에게 적극적으로 붙어 그의 손발이 되는 것도 마다하지 않았다.

그런데 그 오성항공 지분을 팔았단다. 그것도 자신이 못마땅하게 여기는 김춘추에게.

처음부터 두 사람의 만남은 좋지 않았다.

청와대 오찬회 때, 어긋난 그 만남 때문인지 아니면 라이벌 의식 때문인지 이사현은 김춘추가 싫었다.

자신보다 어리면서도 스스로의 그룹을 만들어 나가고 있는 청년. 그리고 그 모습에 각광하는 정, 재계의 어르신들.

만들어 놓은 그룹의 경영권조차 제대로 이어받기 어려운 자신의 처지에 비하면 정말이지 부러움을 넘어서 질투심마저 느껴졌다.

그런데 그 지분이 김춘추에게 넘어갔단다.

오성항공을 노리는 수많은 사람들이 있다. 그들은 지분의 가치보다 더 많은 돈을 내겠다고 했다.

물론 김춘추가 준 대가가 초라하다는 것은 아니다. 하필 그 많은 사람들 중 김춘추여야 하냔 말이다.

자신에게 넘겨주기 싫다면 다른 자들에게 넘겼어야지.

하필… 하필이면 김춘추여야 하는지.

이사현은 분노에 찬 눈빛으로 김춘추를 바라보았다.

싫다. 자존심 상한다.

딱 이 감정이다.

김춘추의 앞에만 서면 자존심이 상한다. 자신이 초라하다. 그런 자신을 똑똑히 알게 만든다.

태어나서 지금까지 집안의 어르신들 외에는 그 누구에게 머리 한 번 숙여 본 적이 없는 이사현이다.

그런데 지금 이 청년 앞에서는 자신이 한없이 작아진다.

그것이 싫다.

이사현은 김춘추를 노려보았다.

게다가 그에게는 지금 비장의 한 수가 있었다. 그것은 서울에서 날아온 소식 하나였다.

'이거 난처하네.'

김춘추도 이사현의 분노를 읽었다.

그와 딱히 얽힌 것은 없다.

청와대의 만남이 어색했던 것은 사실이지만, 그렇다고 이렇게까지 자신을 싫어할 만한 일도 없었다.

딱 한 가지, 이희철이 죽었다면 그에게 넘어갔을 오성항공 지분을 김춘추가 돈을 주고 샀다는 사실 말고는 말이다.

그 일 때문인지 이사현이 지금 자신의 뒤를 악착같이 캐내고 있다는 말을 김한기에게 들었다. 심지어 포션 일도 알

라이벌 • 145

아낸 것 같다고 한다.

포션.

판테온 코러스 산의 정상 엘르 호숫가에서 자라는 최고급 약초들로 만든 힐링 포션.

이희철의 입이 아무리 무겁다고 해도 완전히 믿을 수는 없었다.

물론 할아버지에게서 그 얘기를 들었다고 해서 이사현이 함부로 여기저기 떠벌리지는 않을 것이다. 하지만 자신이 어떻게 그런 것을 갖게 되었는지 추적하겠지.

귀찮게 됐다.

안 그래도 대진그룹 김호중 회장의 눈빛을 보니 자신을 쉽게 놔줄 것 같지도 않은데, 이사현까지 얽혔으니.

이사현은 지금 오성항공 지분을 반환하라는 압력까지 김한기에게 넣고 있는 셈이었다.

"얘기 들었습니다."

김춘추가 이사현의 얼굴을 뚫어지게 쳐다보면서 말했다.

"들었다면 알겠네? 당장 내놓지 그래?"

"이미 당신의 할아버지와 매듭진 사업입니다."

"똥 오줌 못 가리는 어르신을 회유해서 얻어 낸 것이겠지."

이사현이 비아냥거렸다.

"글쎄요. 제가 만난 어르신은 젊은 그 누구보다 더 정신이 맑던데."

"그렇게 믿고 싶었나 보지. 뭐, 그래도 좋아. 할아버지는 속일 수 있어도 나는 속일 수 없다는 것을 알아 뒀으면 좋겠는데."

"누가 누굴 속인다는 거지?"

김춘추가 낮게 중얼거렸다. 하지만 그의 목소리에는 한기가 스며들어 있었다.

순간 이사현조차 등골이 오싹해졌다.

"오늘내일하던 어르신을 그깟 싸구려 약으로 속인 것을 잊고 있었나 보… 군."

이사현은 자신도 모르게 김춘추에게 존댓말을 할 뻔했다. 그의 카리스마에 눌려서 말이다.

"싸구려 약이라? 뭘 말하는 건지 모르겠군."

김춘추는 일단은 모르는 척 말했다.

"고급 포션이네, 뭐네 하면서 할아버지를 속인 것을 기억 못하나 보지?"

"속여? 그것을 어떻게 얻었는데. 곧 돌아가실 것 같은 분이 살고 싶다고 애원해서 넘겨주었는데 그딴 소리나 듣다니."

김춘추가 냉랭하게 말했다.

"환각제 같은 싸구려로 속여 놓고서는 이제 와서 오리발을 내밀 생각인가 보지?"

이사현이 지지 않고 응수했다.

순간 김춘추는 이 대화가 뭔가 이상하다는 생각이 들었다.

"왜 그런 말을 하지? 난 진품을 넘겼다."

"할아버지의 건강이 급격히 안 좋아진 것을 모르는군."

이사현이 기회가 왔다는 식으로 내뱉었다.

그의 얼굴에는 승리감이 가득했다. 자신의 할아버지가 위독한 건데도 불구하고 말이다.

"뭐?"

순간, 김춘추는 아연실색이 되었다.

고급 포션의 효과는 확실하다. 드래곤의 제조법이니.

하지만 만약 그 포션이 판테온에 사는 사람들에게만 맞는 것이라면?

아찔했다.

"어디 계시지?"

김춘추가 감정을 감추고 물었다.

"오성병원에 계시지."

이사현이 여전히 의기양양해서 말했다.

그는 지금 자신이 이희철의 손자라는 사실조차 잊고 있었다. 오로지 김춘추에게 한 방 날렸다는 사실에 기뻐했다. 승리감에 도취해서 말이다.

김춘추가 고개를 끄덕이면서 말했다.

"직접 확인하지."
"오성항공 지분도 내놓아야 할 거야."
이사현이 잊지 않고 보탰다.
"그건 회장님을 뵙고 나서 말하지."
김춘추는 고개를 까닥였다. 더는 이사현과 볼일이 없었다.

김춘추는 테라스에서 자신을 기다리는 크리스티나에게 돌아갔다.

그렇다고 그녀와 함께 깊은 밤을 보낸 것은 아니다. 남자로서 잠시 일어났던 순간적인 흥분도 이희철이 쓰러졌다는 소식에 이미 차갑게 가라앉아 버렸다.

크리스티나도 바보는 아니었다. 김춘추의 상태가 차갑게 식은 것을 곧바로 눈치챘다. 눈치 빠른 그녀는 곧 태도를 바꿔 사업가로서, 좋은 친구로서 그의 옆을 지켜 주었다.

김춘추가 이희철의 소식을 듣고도 바로 한국으로 가지 않은 것은 이사현 때문이었다. 그의 말에 호들갑을 떨면서 한국으로 향하는 것은 바로 자신의 힐링 포션이 싸구려라는 것을 인정하는 꼴밖에 되지 않기 때문이다.

그렇다고 마냥 사우디아라비아에 머물 수도 없었다. 이희철 일이 아니더라도 할 일이 태산 같았다. 물론 이희철의 상태를 자신이 직접 확인해야 한다.

이사현의 말투를 보니 이희철이 당장 죽을 것 같지는 않았다. 그나마 다행이었다.

다음 날 해가 뜨자마자 김춘추는 무함마드 왕자가 보내준 전세기를 혼자 타고 한국으로 떠났다.

그는 한국에 도착하자마자 바로 이희철이 입원해 있는 오성병원으로 향했다.

물론 김한기에게 연락을 넣는 것도 잊지 않았다.

다행히도 이희철에게 이상이 생긴 것은 불과 하루도 채 되지 않았다.

이사현은 자신의 할아버지, 이희철이 갑작스럽게 쓰러진 것을 오히려 반가워했다. 그리고 이희철이 쓰러진 것에 대해서 김춘추에게 모든 잘못을 덮어씌우려고 하고 있었다.

'정황이 너무 이상하군.'

병원으로 향하는 차 안에서 김춘추는 골몰히 생각에 잠겼다. 그는 현재 자신이 처한 여러 가지 상황을 추리할 수가 있었다.

이희철이 건강을 되찾았다고 뒤통수를 친다?

그것은 절대 아니다.

오성항공 하나 찾기 위해서 그럴 인간이라면 애초에 대

그룹의 총수가 될 그릇이 아니었다. 물론 그 아들 이수희도 아니다.

이사현이 사우디아라비아, 그 파티장에 나타난 것은 우연일 수는 없다.

물론 오성건설이 사우디아라비아에 현장이 있으니 그가 파견되었을 수는 있다. 그 점은 김한기가 확인해 주었다.

이사현이 사우디아라비아에 간 것은 자신이 간 직후였다. 즉, 자신을 따라갔다고 보아도 무방했다. 그리고 이희철이 쓰러진 것은 그 후의 일이었다.

너무도 수상하다.

왜?

'범죄 현장에 있지 않기 위해서? 나를 도발하기 위해서?'

김춘추는 아랫입술을 깨물었다. 이사현보다 중요한 추리 하나가 남기 때문이다.

판테온의 힐링 포션이 이곳 지구에서는 통하지 않거나 사람들에게 부작용을 일으킬 수 있다.

겉보기에는 똑같은 인간으로 보이나 다른 환경에 처해 있지 않은가.

마나라는 것만 놓고 보아도 그렇다.

판테온의 사람들은 마나에 익숙하다. 그곳의 모든 것이 마나에 젖어 있다고 봐도 무방했다.

하지만 이곳은 마나가 극히 드물다. 그러므로 마나에 대한 거부감이 생겼을 수도 있다. 몸이 마나를 거부하는 바람에 이희철이 쓰러졌을 수도 있는 것이다.

그야말로 최악의 경우였다.

'음.'

김춘추는 차창 밖의 펼쳐져 있는 한강을 바라보았다.

마음이 답답했다.

김춘추를 태운 차는 오성병원 주차장 VIP용으로 미끄러지듯이 들어갔다.

그는 튕겨 나가다시피 차에서 내렸다. 곧바로 이희철이 머물고 있는 병실로 향한 것은 물론이었다.

그의 병실 앞은 경호원 3명이 지키는 중이었다.

오래 기다리지 않아 김춘추는 병실 안으로 들어갈 수 있었다.

"자네까지 왔구먼."

이희철이 다소 초췌해진 기색으로, 그러나 몹시 반갑다는 듯이 인사를 해 왔다.

그의 상태는 이사현에게 들었을 때보다 심각해 보이지 않았다. 김한기의 말대로였다.

"회장님이 쓰러지셨다고 해서……."

김춘추는 끝말을 맺지 못했다.

그의 눈길은 병실 안, 이희철의 옆에 단아하게 서 있는 여자에게 향해 있었다.

그 여자가 누군지 안다. 바로 이사현의 어머니, 한예인이었다.

남편이 죽고 난 후 그녀는 재혼하지 않고 이희철의 저택에서 함께 살았다. 그 덕에 이사현이 다른 손자들보다 더욱 이희철의 관심을 받은 것은 사실이었다. 어떻게 보면 제 어머니의 희생 덕이다.

한예인은 본시 미스코리아로 크게 주목을 받던 화려한 시절이 있었다. 한데, 스포트라이트의 영광을 뒤로하고 재벌가에 입성했다. 당시로서는 그게 당연한 수순이었다. 미스코리아의 등용문은 곧 재벌가와의 인연을 쉽게 해 준다.

남편과 사별한 이후에도 오로지 자식 하나를 위해 시아버지의 저택에서 산 여자다.

겉보기에는 단아하고 유약해 보이지만 내면은 강한 여자였다.

김춘추는 자신을 본 한예인의 얼굴에 순간적으로 스쳐 지나가던 표정을 잊을 수가 없었다.

다른 이들이라면 눈치 못 챘겠지만, 그녀의 얼굴에는 그가 익히 보았던 사람들의 표정이 존재했다.

바로 사기꾼, 다른 이들을 속여 제 이득을 보려고 하는 자들이 짓는 표정이었다.

김춘추는 재빨리 치료 투시 마법을 사용하여 이희철의 상태를 살펴보았다.

 물론 이희철이나 한예인은 김춘추가 조용히 서 있는 줄로만 알지, 이희철의 몸속을 스캔하고 있으리란 사실을 전혀 모른다.

'음, 마나가 오히려 치료하는데?'

 이희철의 상태를 본 김춘추는 속으로 경악했다.

 그가 준 힐링 포션은 당연히 마나로 이루어져 있다. 그 마나가 이희철의 몸속에 있는 독을 없애고 있었다.

'누군가 독을 먹였다?'

 김춘추는 이희철의 병간호를 맡고 있는 한예인을 바라보았다.

 그가 자신을 쳐다보자, 한예인이 조용히 입을 열었다.

"처음보다 많이 좋아지셨습니다."

'어째서 더 좋아지는 거지?'

 김춘추는 그녀의 말보다는 마법을 통해서 들을 수 있는 그녀의 속마음에 더 주목했다.

 한예인은 지금 속으로 절규하고 있었다. 이희철의 상태가 자신이 몰래 넣은 독을 마시고 쓰러졌을 때보다 점점 나아지고 있었기 때문이다.

 사실 독을 쓴다는 것은 자칫 자멸의 길로 갈 수가 있다. 하지만 김춘추가 이미 힐링 포션이라는 것을 이희철에게 주었기에 가능한 시도였다.

병원에서 이희철의 몸을 조사하면 독이 나올 것이다. 어떤 독인지 여부를 알아내는 데도 오래 걸리겠지.

시간이 걸리든 안 걸리든 상관없다. 김춘추에게 덮어씌우면 그만이었다.

이희철이 아무리 김춘추를 좋게 보고 두둔하려고 해도 그의 힐링 포션을 마셨기 때문에 어쩔 도리가 없을 것이다. 자신이 쓰러진 것은 바로 힐링 포션의 독 때문이라고 생각할 게 뻔했다.

한예인은 항상 이희철에게 붙어 있었다. 따라서 김춘추가 다녀간 그날, 총비서실장을 통해서 이희철에게 벌어진 일을 알 수가 있었다. 그 후, 한예인의 유도심문에 넘어간 이희철은 힐링 포션에 대해 말하고 말았다.

물론 이희철이 그렇게 입이 가벼운 사람은 아니다. 하지만 죽음을 이겨 냈다는 기쁨에 그만 그녀의 유도심문에 넘어가고 만 것이다.

한예인은 이 상황을 그냥 넘길 수가 없었다.

1년만, 아니 몇 달만 고생하면 이희철이 죽는다.

아들을 위해서 그간 숨죽여 살아왔다.

이 모든 희생은 오로지 아들 이사현이 오성항공 지분을 넘겨받고, 다른 손자들보다 더 탄탄한 자리를 약속받게 하기 위함이었다.

남편이 죽었다고 해서 그룹 오너의 경쟁에서 아들이 밀려

나는 것은 죽어도 싫었다. 남편이 그룹 오너가 될 수 없다면 아들이라도 기필코 그룹 오너로 만들 것이다.

그런데… 그런데…….

김춘추가 등장하고 모든 게 무너졌다.

오성항공 지분은 그렇다 치자. 이희철이 너무도 건강해진 것이다.

그 집에서 다시 기약 없이 살아야 한다. 그간 공들여 놓은 것이 있으니 나갈 수가 없었다.

정말이지 죽기보다도 싫었다.

한예인은 자신도 모르게 아랫입술을 꽉 깨물었다.

그 모습을 지켜본 김춘추는 부드러운 어조로 그녀에게 말했다.

"제가 보기에도 금방 일어나실 것 같습니다."

"그렇다고 면책받을 수는 없으실 텐데요?"

한예인이 톡 쏘아붙였다.

"과연 그럴까요?"

하지만 김춘추는 당황하지 않았다. 오히려 그의 얼굴에는 여유가 넘쳐흘렀다.

그런 두 사람의 기 싸움으로 인해 병실 안에는 냉랭한 기운이 흐르고 있었다.

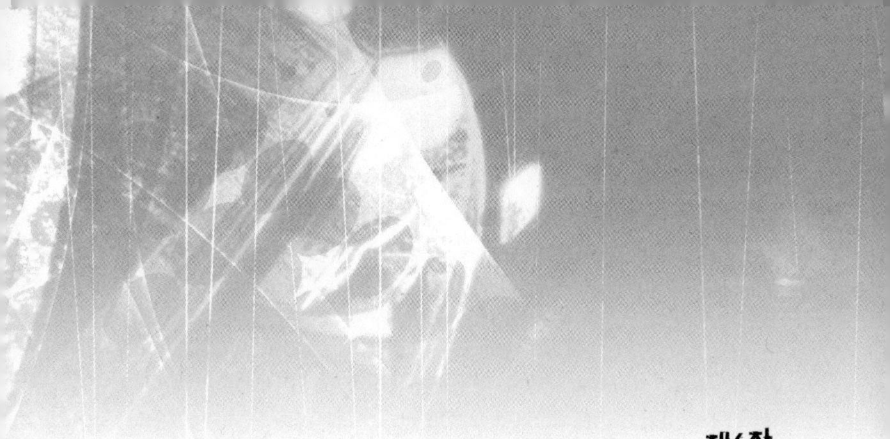

제6장

여인들

퍼펙트
마이스터

"무례하군요."

한예인은 눈앞의 청년을 냉랭한 얼굴로 바라보면서 말했다.

이곳이 오성그룹의 총수, 이희철이 누워 있는 병실이라는 사실도 잊었다.

"무례하다라……. 남을 독살시키려는 인간보다는 낫겠지."

김춘추가 중얼거렸다. 하지만 그의 눈은 한예인에게 똑바로 향해 있었다.

"뭐라고!"

순간 자신도 모르게 한예인의 목소리가 높아졌다.

이희철은 이 상황이 당황스러웠다.

누구보다 안쓰러운 며느리 한예인이나 자신의 핏줄은 아니지만 제법 마음에 드는 청년인 김춘추가 지금 자신 앞에서 대립각을 세우고 있었기 때문이다.

 처음 한예인이 김춘추를 감정적으로 몰아세운 것에 대해서는 이해하고 있었다.

 힐링 포션.

 이희철도 김춘추가 준 힐링 포션의 부작용이라고 생각했다.

 그렇다고 쳐도 김춘추가 나쁜 의도에서 준 것은 아니다. 힐링 포션 덕에 호흡 장치와 휠체어에 의지하지 않아도 벌떡 일어나지 않았던가. 그것만 봐도 힐링 포션의 효과가 얼마나 대단한지 알 수 있었다.

 다만 너무도 오래된 물건이기에 이상이 생겼을 것이라고 생각했다.

 그렇다면 김춘추에게 죄를 물을 수는 없다. 그 자신도 몰랐고, 가장 진귀한 것을 이희철에게 넘긴 것이니.

 하지만 당사자가 아닌 다른 사람들이 본다면, 당연히 김춘추를 의심할 수는 있었다.

 이희철은 한예인도 이해했고, 김춘추도 이해했다.

 누가 자신을 쓰러지게 했는가?

 오로지 힐링 포션을 마신 자신이 스스로 치르는 대가라고 생각한 것이다.

이 지구상에 죽어 가는 사람도 되살리는 불로불사의 약이 있다고 믿은 대가라고 여겼다.

그런데 지금 김춘추의 입에서 독살이라는 말이 흘러나왔다.

이희철은 바보가 아니다. 단숨에 김춘추가 말하는 뜻을 파악했다.

하지만 있을 수 없는 일이었다.

설령 한예인이 독을 탔다고 치자. 김춘추가 그 사실을 어떻게 알아낼 수가 있단 말인가.

이희철은 고개를 저었다. 그러고는 김춘추를 바라보았다.

그가 알던 김춘추는 절대로 자신의 죄를 모면하기 위해서 남에게 덮어씌우는 사람이 아니다.

안 지 얼마 되지 않았지만, 그의 인품은 어느 정도 파악하고 있었다.

소인배 사업가는 절대로 이 정도로 성장할 수가 없다.

"자네, 말이 좀 지나치네."

이희철이 부드러운 어조로 김춘추에게 말했다.

순간, 한예인의 얼굴 위로 의기양양한 미소가 스쳐 지나갔다.

것 봐라. 이희철이 누구를 믿는지 똑똑히 알겠지?

김춘추는 한예인의 미소가 주는 의미를 잘 알고 있었다.

"낮말은 새가 듣고 밤말은 쥐가 듣는 법이지요."

여인들 • 161

이희철의 부드러운 경고에도 불구하고 김춘추는 한예인에게 들으라는 식으로 말했다.
'이 친구가 이럴 사람이 아닌데.'
이희철은 혼란스러웠다.
그가 아는 김춘추는 절대로 허튼 말로 남을 모함할 사람이 아니다.
혹시 자신이 모르는 무슨 정보를 얻은 것이 아닐까?
게다가 김춘추의 말에 움찔하는 며느리의 모습을 포착했다.
정황이 너무 이상하다.
늘 침착하고 조용한 며느리가 갑자기 김춘추 앞에서 왜 이렇게 감정적이 될까?
마치 김춘추가 그녀의 아킬레스건을 건드린 것처럼.
평소 같지 않게 며느리가 자신의 속내를 점점 드러내고 있었다.
'말도 안 돼.'
이희철은 자신의 며느리를 돌아보았다.
순간 한예인은 가슴이 철렁했다.
그녀는 재빨리 김춘추에게로 화제를 돌리기 위해서 입을 열었다. 하지만 상황은 점점 수습이 안 되고 있었다.
"어디서 속담 하나 잘 인용하네. 그렇게도 싸구려 약을 판 것이 창피했나 보지?"

"정말 그럴까요?"

김춘추는 느긋한 표정으로 한예인을 바라보았다.

순간 한예인은 짜증스러웠다.

점점 분노가 들끓는다. 어린것이 자신의 말에 꼬박꼬박 말대답이나 하고.

"왜 그래? 내가 뭘 잘못한 게 있다고. 나에게 뒤집어씌우고 싶나 보지?"

한예인은 김춘추를 향해서 비아냥거렸다.

"반대 아닌가?"

김춘추가 씨익 웃었다. 그의 말투가 바뀌었다.

그리고 그는 한예인을 벌레 보듯이 쳐다보았다.

갑자기 자신을 하대하는 듯한 말투는 그렇다 치고, 김춘추가 자신을 보는 그 눈빛이 한예인의 기분을 더욱 거슬리게 했다.

아니, 자신의 음모가 몽땅 다 드러난 것처럼, 마치 발가벗고 있는 기분마저 들었다.

"그만들 해."

이희철이 두 사람 사이에 끼어들었다.

울컥.

"뭘 그만해요?"

순간, 한예인은 자신도 모르게 더욱 격한 감정에 사로잡혔다. 김춘추 앞에서 느끼던 감정들이 폭발하고 만 것이다.

여인들 • 163

"아버님은 왜 이 청년을 질책하지 않으시죠? 정말로 이 청년의 말대로 절 의심하시는 건가요? 여태껏 아버님의 옆에서 시중을 들어온 저입니다. 그런데 남인 저 청년의 말 하나에 절 의심하시다니요!"

"허어."

"제가 그렇게 남보다 못한 존재였나요?"

한예인은 계속해서 표독스럽게 쏘아붙였다.

"아가야……."

이희철은 그런 그녀를 진정시키려고 했다.

하지만 한번 뚫린 한예인의 입은 멈추지 못하는 폭주 기관차처럼 질주했다.

"저라고 그 집에 붙어 있는 게 좋은 줄 아시나요? 지긋지긋해요. 그런데도 제가 왜 그 집에서 살았는지 아세요? 굵은 동아줄을 잡았다 싶었는데 썩은 동아줄이었어. 하지만 이대로 포기하기에는 너무 억울했어요. 아들이라도 반드시 오성그룹의 오너를 만들 거예요. 전 아직 포기하지 않았어요!"

뭐라고 말하려던 이희철은 한예인이 속사포처럼 쏘아붙이는 말들을 듣고 멍한 눈빛이 되었다.

그의 상태를 아는지 모르는지, 한예인은 점점 더 격한 감정에 휘말렸다.

미스코리아의 영광을 모두 내려놓고 선택한 재벌가의 입

성. 그런데 남편이 너무도 빨리 죽었다.

굵은 동아줄과 썩은 동아줄의 의미는 죽은 남편을 두고 하는 말이었다.

물론 남편을 사랑해서 그런 말을 한 것은 아니다.

난봉꾼에 여자라면 사족을 못 쓰던 남편 따위, 죽어도 상관없었다. 다만, 그 남편이 죽음으로써 자신의 위치가 급격하게 추락한 것에 열 받은 것뿐이었다.

재벌가에 입성하지 않고 그대로 방송가에 남았더라면 그녀는 지금쯤 자신이 톱스타가 되어 있을 것이라고 믿어 의심치 않았다.

미스코리아 진이었던 자신을 대신해서 그다음 해 미스유니버스에 나갔던 미스코리아 선이 그 덕에 유명세를 타고 영화 몇 개를 찍으면서 톱스타로 올라섰기 때문이다.

물론 지금은 나이가 있어서 과거처럼 화려하진 않았지만, 대한민국의 사람들이 이름만 들어도 고개를 끄덕일 정도로 인정해 주는 톱스타로 아직까지도 군림하고 있었다.

그런 그녀에 비하면 자신은 너무 초라하다.

시아버지가 죽기를 바라면서 몇십 년을 숨죽여 살아왔다. 오로지 자식을 오성가의 오너로 만들기 위해서 말이다.

한데, 곧 죽을 줄 알았던 시아버지가 멀쩡해졌다.

허무하다. 모든 것이.

분노스럽다.

이 모든 원흉이 바로 눈앞의 청년 때문이라는 것을 안 뒤, 복수의 칼을 갈았다.

그녀는 김춘추를 노려보면서 더욱 격앙된 목소리로 말했다.

"다 죽어 가던 사람을 살려 놔? 어이가 없어서. 티벳? 세상에 말도 안 되는 일이 시아버지에게 일어나다니. 그러면 나는 어쩌라고? 그간 숨죽여 살아온 나는 어쩌라고? 네가 책임질 거야?"

김춘추는 조용하게 대답했다.

"자신의 인생은 자신이 만드는 법이지요."

"그래, 바로 그거야. 난 내 인생을 대한민국 최고의 여인에 걸었어. 네가 그걸 방해한 거야. 알고나 있어? 뭐하러 힐링 포션이니 뭐니 하는 것을 가져다준 거야? 그냥 죽게 내버려 두지. 네가 그런 짓을 하지 않았다면 내 손으로 독을 탔겠어? 독… 아… 아……."

한예인은 순간적으로 자신의 입을 손으로 막았다.

뚫린 입이라고 제어가 되지 않았다. 김춘추를 보자 너무도 큰 분노에 휩싸였고, 그 분노가 폭발해서 제 입으로 독을 탔다는 말까지 꺼내 버린 것이다.

하지만 그녀는 모르고 있었다. 김춘추가 그녀에게 스스로의 감정을 드러낼 수 있는 마법을 몰래 사용했다는 사실을 말이다.

물론 그렇다고 김춘추가 대단한 마법을 시현한 것은 아니었다. 그냥 그녀 스스로, 자신의 감정을 속이지 않고 드러낼 수 있게 용기를 주는 마법을 걸어 주었다.

한데, 그것만으로도 한예인 같은 여자가 본성을 드러내는 데는 큰 효과가 발휘되었다.

그녀는 그간 억눌린 감정을 폭발시켰고, 게다가 제 입으로 시아버지 독살을 시도한 것까지 뱉어 내고 말았다.

이희철은 한예인의 말을 의심했다.

자신이 잘못 들은 것이 아닌지. 설마 며느리가 시아버지에게 독을 타다니.

텔레비전 뉴스에서 다루는 싸구려 가십이 바로 대오성가에서 일어난 것이다.

"네… 네가······."

이희철의 얼굴이 붉으락푸르락해졌다.

"오죽하면 제가 이랬겠어요!"

될 대로 되란 식으로, 한예인은 자신의 감정을 억제하지 못하고 울분을 토해 냈다.

"독한 년! 당장 나가!"

이희철이 소리를 질렀다.

그때, 한예인은 또 한 번 실수를 했다. 자신도 모르게 이희철을 바라보면서 차갑게 중얼거린 것이다. 그녀의 속마음이 제어되지 못하고 입에서 마구 흘러나오고 있었다.

"늙은 것이 주책이지."
"감히!"
이희철은 침대 옆에 있는 비상벨을 눌렀다.
그 광경을 한예인은 멍하니 바라보았다.
자신이 무슨 말을 하는 거지?
그런데 속은 뻥 뚫렸다.
그간 쌓아 두고 억제하던 것들이 순식간에 풀려 나가는 기분이었다.
그녀는 김춘추를 노려보았다.
그사이 병실 안에는 경호원들과 의료인들이 들이닥쳤다.
"저년을 당장 잡아 둬!"
이희철이 한예인을 손가락으로 가리키면서 소리쳤다.
한예인은 자신의 옆구리를 잡으려는 경호원들의 손길을 뿌리치면서 도도하게 말했다.
"나가도 제 발로 직접 나가요."
그러고는 김춘추를 향해서 말했다.
"이대로 끝났다고 여기면 오산이야."
"얼마든지."
김춘추는 차가운 목소리로 대꾸했다.
"저년을 어디 못 가게 잡아 둬."
이희철은 분노에 찬 표정으로 경호원들에게 지시를 내렸다.

경호원들과 의료인들은 이 상황을 이해하지 못하고 어안이 벙벙했다. 하지만 이희철의 명령인지라 재빨리 한예인을 데리고 나갔다.

의사와 간호사들은 병실에 남아 이희철의 상태를 체크했다.
다행히 감정적으로는 격한 상태였지만 그의 몸은 빠른 속도로 회복되고 있었다. 불과 하루 전에 독에 당한 사람치고는 기적 같은 속도였다.
"자네들도 나가 봐."
이희철의 지시에 의료인들이 전부 나가자, 그는 김춘추와 단둘이 병실에 있게 되었다.
잠시 정적이 흘렀다.
하지만 그 정적은 오래가지 않았다.
"미안하네. 내가 실패했군."
이희철은 비통한 심정이었다. 사업에만 매진하느라 자식들을 제대로 돌보지 못했다.
"회장님이 잘못하신 것은 없습니다."
김춘추는 이희철의 복잡한 마음을 이해했다.
"괜히 내 가족의 일에 자네까지 끼어서 잠시나마 오해를 받았군."
이희철은 진심으로 김춘추에게 사과를 건넸다.

"당연히 있을 수 있는 일입니다. 회장님의 오해도 이해합니다. 저라도 그랬을 겁니다. 저 역시 그 부분을 걱정했습니다."

"지금 이렇게 빨리 회복되는 것도 힐링 포션 덕분이겠지?"

이희철의 눈이 순간 빛났다.

방금 전 일어난 며느리의 일도 힐링 포션에 대한 의문 앞에서는 다 사라져 버렸다.

김춘추가 고개를 끄덕였다.

"그런 것 같습니다."

"흠, 내가 티벳에 사람 좀 보내도 되겠나?"

이희철은 자신의 욕망을 숨김없이 드러냈다.

"그래도 됩니다. 저 역시 그게 더 있지 않을까 하고 생각했습니다."

김춘추는 이희철이 이렇게 나올 줄 이미 예상했었다.

앞으로 힐링 포션은 더 만들어 낼 수 있다. 물론 차원을 넘나드는 아공간을 만들 수 있느냐 없느냐의 문제는 있지만, 몇 개쯤은 앞으로도 지구에 더 가져올 수가 있었다. 그럴 때마다 같은 핑계를 대야 한다는 것이 문제였다.

더 그럴듯한 핑계나 이유가 생기기 전까지는 티벳에서 몇 개쯤 더 발견한 것으로 설정하는 것이 나을 듯했다. 그 이후의 방법은 또 나올 것이다.

게다가 이희철 역시 가만있지 않을 테니, 자연스럽게 티벳에 그와 한 번 가 보는 것도 괜찮다.

그리고 무엇보다도, 티벳의 그 동굴 신화에 관한 궁금증은 아직도 김춘추를 사로잡고 있었다.

"고맙네."

이희철이 눈빛을 반짝이면서 말했다. 하지만 이내 며느리의 일이 떠올라 우울한 표정이 되었다.

"그들에게 소식이 오면, 함께 티벳에 가 보세."

"저로서는 영광입니다."

김춘추가 고개를 끄덕였다. 모든 게 그의 예상대로 흘러가고 있었다.

'이번에 판테온에 가면 포션을 몇 개 더 가져와야겠군.'

그러면서 김춘추는 이희철의 몸을 다시 한 번 살폈다.

한예인이 탄 독 때문인지, 처음 힐링 포션을 복용했을 때보다 생명력이 급격하게 줄었다.

이대로라면 1년을 넘기기 어렵겠다.

이수희보다는 이희철이 살아 있는 편이 김춘추에게도 여러모로 더 이득이었다.

그리고 할머니와 살아서 그런지, 나이 드신 어르신들을 상대하는 것이 김춘추에게는 더 편했다.

게다가 이희철은 자신에게 신뢰의 눈길을 주고 있었다. 힐링 포션의 일로만 봐도 그랬는데, 그는 자신이 준 것이

진품이라는 사실을 전혀 의심치 않았다. 과연 대그룹의 오너답게 그릇이 매우 컸다.

"몸이 펄펄 끓는 걸 보니 곧 퇴원할 것 같네. 자네는 이만 가 보게."

"다음에 뵙겠습니다."

김춘추는 이희철의 병실에서 나섰다.

이희철은 지금쯤 복잡 미묘한 상태에 빠져 있을 것이다. 며느리에 대한 처분도 그렇고. 어느 선에서 매듭 지어야 할지 난감할 터였다.

'경찰에 알리지는 않겠지.'

김춘추는 잠시 미간을 찌푸렸다. 한예인의 마지막 말이 생각났기 때문이다.

'휴우, 여자들이란.'

◈ ◈ ◈

평창동 가장 안쪽, 언덕 위에 솟은 담은 그 너머에 있는 집에 대한 호기심을 가지게 한다.

어디 그 집뿐일까.

평창동 일대가 전부 약속이라도 한 듯이 높이 솟은 담 위에 날카로운 철이나 유리 조각들을 흩뿌려 놓았다. 도구의 힘을 빌리지 않고서는 그 담을 넘기가 힘들다.

게다가 골목 하나를 돌아 나오면 바로 어귀마다 경찰, 청경들이 서 있다.

 전, 현직 고위 대관들이 살고 있는 곳이라서 그런지 제법 경계가 삼엄했다. 한 집이 한 골목을 차지할 정도로 그 규모가 매우 크다는 것은 화젯거리가 되지 못할 정도였다.

 그곳에 이후석의 애첩이자 한때 대한민국을 호령하던 권력자들 중 한 명의 자식인 이명옥이 살고 있었다.

 3층짜리 저택은 200여 평의 정원 뒤편에 화려하게 자리해 있었다.

 정원에는 가을에 피는 국화, 코스모스, 구철초 외에도 이름 모를 꽃들과 잡초들이 흐드러지게 피어 있었다. 이것만 봐서는 이곳 주인의 성품이 아름다운 것을 추구한다는 것을 짐작할 수가 없다.

 하지만 저택, 건물 안으로 들어서면 주인장의 화려함이 찬란하게 피어오른다.

 한때는 단아하고 고즈넉한 아름다움을 추구하던 이명옥이었건만 지금은 치명적인, 한눈에 마음을 잃을 정도로 화려한 아름다움을 추구하고 있었다.

 그녀의 나이 이제 30대에 불과하다. 여자가 가장 물이 오른다는 나이가 아닌가.

 저택 안의 벽지는 전부 금색으로 도배되어 있었다. 또한 가구는 하나하나마다 바로크 양식의 화려함이 드러나는 이탈리아제였다.

"오셨습니다."

현관문 입구에서 하녀 하나가 거실을 향해 잰걸음으로, 최대한 소리 나지 않게 달려오더니 소파에 몸을 묻고 있는 이명옥에게 말했다.

"들여보내. 그리고 너희는 전부 퇴근해."

사전에 내린 명령이었지만 이명옥은 다시 한 번 강조했다. 그러자 하녀는 고개를 끄덕이고는 최대한 조용히 거실에서 나갔다.

하녀가 나간 뒤, 그때까지 눈을 감고 무언가 생각하던 이명옥은 눈을 번쩍 떴다. 그러자 그녀의 입술이 살짝 위로 비틀어졌다. 그 외에 그녀의 외모는 나무랄 데가 없었다.

60대의 이후석이 2, 30대의 청년들에 비해서도 흠잡을 데가 없을 정도로 멋진 몸매를 소유하고 있다면 그녀도 마찬가지였다.

그전에도 단아한 아름다움을 가지고 나이보다 어려 보이던 그녀였다. 하지만 이후석과의 만남 이후, 그의 영향으로 그녀도 화려한 것에 집착하면서 동시에 점점 동안이 되고 있었다.

그녀는 그런 자신의 모습에 만족했다.

과거의 그녀는 오로지 짓눌려 있었다. 남들은 부러워하는 환경이었겠지만 그녀는 숨도 쉴 수 없었다.

자녀들은 물론 어머니에게까지 화가 나면 무조건 크리스탈 재떨이를 던지던 아버지.

남들 앞에서는 인자한 모습으로 텔레비전에 비치는 것이 못 견디게 괴로웠다.

지금도 그녀의 이마 한쪽 끝에는 아버지가 던진 재떨이에 의해 생긴 상처가 아주 희미하게 남아 있었다.

이명옥은 자신도 모르게 손가락을 들어 그곳을 쿡쿡 눌렀다.

어느새 버릇이 되었다.

아버지에게 더 이상 눌리지 않으리라.

물론 아버지는 오래전 정적에게 총을 맞아 돌아가셨다.

그날 그녀는 슬픔도 무엇도 아닌 복잡 미묘한 감정을 느껴야 했다.

아버지가 돌아가셨는데도 슬프지 않다. 오히려 해방감이 느껴졌다. 그것에 대한 죄책감이 연이어 밀려왔다. 그래서 주눅이 들었던 이명옥은 죄책감에 쥐 죽은 듯이 살아왔다.

이제 더 이상 그런 이명옥은 없다.

이후석과의 은밀한 만남 이후, 그녀는 달라졌다.

대한민국을 손에 넣는다.

반드시!

쿠욱.

이명옥은 다시 한 번 자신의 이마, 상처 부위를 눌렀다.

"안녕하세요."
밝고 명랑한 목소리.
이명옥은 목소리의 주인공을 바라보았다.
하선예. 동광그룹주의 차녀.
자신이 직접 수많은 재벌가의 자식들 프로필을 보고 뽑았다.
그리고 이명옥은 자신의 눈이 틀리지 않았음을 확인했다.
프로필의 사진보다 다소 밝아 보이는 것이 거슬렸지만, 그것은 시간이 지나가면 해결되리라.
어차피 그녀는 자신의 도구다.
"어서 와."
이명옥은 손을 들어 자신의 앞을 가리켰다.
꿀꺽.
하선예의 얼굴에 긴장의 빛이 떠올랐다.
겉보기에는 밝아 보이는 그녀였지만, 사실 그녀의 마음속은 두려움과 걱정으로 요동치고 있었다.
"안 잡아먹어."
이명옥이 방긋 웃었다.
그제야 하선예는 용기를 내어 그녀의 앞에 앉았다.
"씩씩하게 인사는 잘하더니만."

"솔직히 말씀드려서, 밝게 인사하려고 온몸의 힘을 다 쥐어짰어요."

하선예가 순수한 미소를 지었다.

"호호호, 나에게 어지간히 잘 보이고 싶었구나?"

"아버지께서 신신당부하셨어요."

"그 양반이?"

"좋으신 분이라고, 이 만남에 우리 그룹의 미래가 담겨 있다고 하시면서……."

하선예는 순간 입을 다물었다. 자신이 너무 말을 많이 한 것이 아닐까 싶었던 것이다.

이런 말까지는 굳이 하지 않아도 되는데.

예상과 달리 이명옥이 자신을 편안하게 해 주고 솔직하게 나오니까 저도 모르게 쏟아져 나와 버렸다.

"저, 이런 말까지 하면 안 되는 거죠?"

"아니야. 내가 네 대모가 되고 싶다고 했을 땐 이런 모습까지 기대한 거야."

이명옥이 그런 하선예를 달래 주었다.

"아, 정말 감사합니다. 우리 아버지에게는 제가 이런 말까지 다 했다고 하시면 안 돼요."

하선예는 가슴을 쓸어내리면서 말했다.

"아이고, 걱정 마. 대모라는 말을 모르나 보구나? 네 엄마가 되어 주는 거야."

"엄마……."

이명옥의 말에 하선예는 순간 울컥했다. 그녀의 어머니는 10년 전에 돌아가셨다. 초등학교 때의 일이었다.

그 이후 아버지와 오빠, 그리고 자신은 똘똘 뭉쳐 서로를 감싸면서 살아왔다. 엄마를 잃은 그 슬픔을 함께 나누면서 말이다.

이명옥은 그런 하선예의 모습을 가만히 지켜봤다.

온전히 사랑받고 자라서 그런지 구김살이 없다. 게다가 순진했다.

자신이 보여 주는 모습을 그대로 덜컥 믿는다. 여타 재벌가의 자식들과는 확연히 달랐다.

'사랑만 받고 자랐군.'

대부분의 재벌가 자식들은 차기 오너가 되기 위해 형제자매 간의 경쟁도 치열하다.

부모들은 자신들의 목적과 일에 치여서 자식들의 감성을 키워 주거나 사랑을 주는 데는 시간을 들이지 못했다. 그들 자신도 늘 경쟁에 쫓겨 살다 보니 당연한 일이었다.

그러다 보니 이들은 눈치가 빠르고 쉽게 자신의 마음을 보여 주지 않는다.

하지만 예외도 있다더니.

하선예는 그 예외에 속하는 인간이었다.

'부숴 버리고 싶어.'

그런 하선예의 모습을 보면서 이명옥은 한때의 자신과 비교해 보았다.

주눅 들고 늘 상처투성이였던 자신의 모습.

반면 가족들에게 둘러싸여 밝은 웃음을 터트리는 하선예의 모습을 상상했다.

예쁜 인형은 망가트려야 제맛이지. 오래 뜸 들이는 건 내 취향이 아니야.

처음부터 말 잘 듣는 애로 만들어야지.

나처럼.

이명옥이 알 듯 말 듯한 미소를 스윽 짓는다. 그러고는 엄마 생각에 고개를 숙이고 있는 하선예를 다독였다.

"괜찮아. 엄마 생각이 날 만도 하지. 내가 주책 맞게 엄마 얘기를 꺼내다니."

"아니에요. 제가 너무 쉽게 눈물을 보였어요."

하선예는 얼른 눈가의 눈물을 훔치면서 말했다.

"이제부터 너는 내 대녀야."

이명옥이 선언했다.

"이 자리에서 결정되는 거예요?"

순간, 하선예의 눈이 동그래졌다. 진심으로 기뻐하는 모습이었다.

이명옥의 대녀만 되면 재정난을 겪는 동광그룹에 큰 힘이 될 거라고 하지 않았던가.

이명옥이 대녀를 구한다는 말이 재벌가에 흘러나왔을 때, 그 사실을 비웃던 사람조차 자신의 딸을 그녀의 대녀로 보내려고 애를 썼다.

그만큼 이명옥의 힘과 재력은 대단했다.

"널 불렀을 때 이미 결정된 거나 다름없었지. 이 자리에서 한 번 보고 싶었어."

이명옥이 부드러운 어조로 말했다.

"아, 앞으로 정말 잘할게요. 감사합니다."

"대모라고 불러도 돼."

"대, 대모님."

하선예가 쭈뼛거리면서 이명옥을 불렀다.

"10년밖에 나이 차이가 안 나는 대모라서 어색하지?"

테이블 위에 놓여 있는 주전자를 들면서 이명옥이 말하자 하선예가 칭찬을 늘어놓았다.

"솔직히 저와 동갑처럼 보여요."

"호호호, 그거 나한테 아부하는 거지?"

"오, 절대 아니에요. 정말이지 너무 아름답고 어려 보이세요!"

하선예가 극구 부인하면서 예쁘게 웃었다.

실제로 20대인 자신과 동갑이라고 해도 처음 보는 사람들도 믿을 것 같았다. 그런 사람에게 대모라고 부르는 것이 다소 어색한 건 사실이었다.

"자, 마셔."

이명옥이 주전자의 물을 찻잔 위에 따랐다. 그 모습이 너무도 우아했다.

주변의 향긋한 향과 어우러져 찻잔에서도 향긋한 냄새가 났다.

모든 게 완벽했다.

하선예는 살짝 긴장했지만, 이내 아무런 의심도 없이 찻잔을 들었다.

꼴깍.

주르르륵.

향기로운 무언가가 그녀의 목구멍 속으로 미끄러지듯이 내려갔다.

"향이 무척 좋네요."

"그렇지? 한잔 더 해."

그렇게 말하면서 이명옥이 다시 한 번 주전자를 들어 그것을 따랐다.

"감사합니다. 무척 비싸 보이는데, 이렇게 마구 마셔도 될까요?"

"괜찮아. 어차피 내 재산은 나중에 다 네 것이 될 거야."

이명옥이 슬쩍 말을 던졌다.

"아……."

하선예의 얼굴이 붉어진다. 자신이 이명옥을 만나러 온

이유를 들킨 것이나 다름없으니까.

아니, 그녀뿐 아니라 재벌가의 딸이라면 다 똑같은 생각을 했을 것이다. 다른 재벌가의 딸들과 하선예의 차이점이라면 그녀는 아버지와 오빠를 위해서 이곳에 왔다는 점이다. 힘들어하는 그룹에 도움이 되기 위해서 말이다.

"네가 재산을 탐해서 이곳에 오지 않았다는 것쯤은 나도 안 단다."

이명옥이 부드럽게 말했다.

"저어, 한 가지 여쭤 봐도 돼요?"

"뭐든지."

"아직 젊으신데 왜 대녀를 들이시는 거예요?"

"음……."

이명옥이 약간 뜸을 들였다.

"앗, 제가 실례되는 질문을 했나요?"

"아니, 괜찮아. 솔직히 말할게."

이명옥이 하선예를 바라보았다.

빙글.

하선예는 순간 이명옥의 모습이 2개로 보였다.

'왜 이러지? 내가 긴장을 하고 있나.'

하선예는 들고 있는 찻잔을 단숨에 들이켰다. 조금이라도 긴장을 풀기 위해서였다.

하지만 그럴수록 이명옥의 모습은 점점 늘어나고 있었다.

이명옥이 뭐라 얘기하는 것 같지만 잘 모르겠다. 자신을 둘러싼 세상이 온통 빙글 도는 것 같았다.

털썩.

땡구르르.

카펫 위에 떨어진 찻잔이 빙글 돈다.

마치 하선예처럼.

그런 하선예를 이명옥은 차갑게 바라보았다.

"어, 어지러……."

"좀 어지럽지? 곧 괜찮아질 거야. 자, 날 좀 봐."

이명옥은 그렇게 말하면서 스윽 일어섰다. 그러고는 손을 자신의 등 뒤로 돌리더니 거침없이 원피스의 지퍼를 내렸다.

풀썩.

바닥 위에 원피스가 떨어졌다. 그 바람에 이명옥의 전라가 드러났다.

새하얗고 뽀얀 피부가 눈부시게 빛난다.

'왜… 저러……?'

하선예는 제대로 된 생각을 할 수가 없었다.

이명옥이 왜 옷을 벗는지, 그리고 왜 자신에게 다가오는지.

그런데 이상하다. 전혀 부끄럽지가 않다.

이명옥은 하선예를 감싸고 있는 옷들을 단숨에 벗겼다.

"저어……."

하선예는 손을 간신히 들었다.

뭐라 입을 열려고 했지만 쉽지가 않다.

이런 경험은 처음이었다.

이명옥은 하선예가 앉아 있는 소파 옆 보조 테이블 위에 놓여 있는 방향제 같은 것을 들어 그녀의 얼굴에 바짝 갖다 대었다.

향기롭다.

'일랑일랑'이라는, 최음제 역할을 한다던 그것과 향기가 비슷했지만 그보다는 더욱 진했다.

곧 하선예의 이성이 완전히 상실되었다.

그녀는 이제 이명옥의 의해서 완전히 전라 상태가 되었다.

"어디 보자, 우리 대녀."

이명옥은 하선예의 몸을 흐뭇하게 바라보았다.

얼굴도, 마음도, 그리고 몸매도 합격점 이상이었다.

이 정도면 제 역할을 할 게 뻔했다.

재벌가의 자식이란 타이틀도 있으니 원하는 데에 집어넣는 것은 문제도 아니었다.

벌컥.

그때였다.

거실에 붙어 있는 방문이 벌컥 열렸다.

이후석이었다.

"왜 이렇게 뜸을 들여!"

그는 이명옥에게 벌컥 화를 냈다.

"호호호, 급하시긴. 물건 확인 좀 해야죠."

"물건 확인은 무슨."

"확실히 최면 되는 거죠?"

이명옥이 약간 걱정스런 눈빛으로 이후석에게 물었다.

하선예는 재벌가의 자식이다. 비록 동광그룹이 절대 권력에 반하는 까닭에 휘청거리고 있다지만, 썩어도 준치다.

자칫 이 일이 잘못되기라도 한다면 이명옥의 명성은 치명타를 입는다. 대한민국에서 발을 딛고 살기 어려울 수도 있는 것이다.

"최면은 걱정 마. 시키는 대로 잘할 거야."

하선예의 전라를 본 이후석이 더욱 흥분한 상태로 속사포처럼 내뱉었다.

"한 가지 분명히 해요. 애를 저 대신으로 할 건 아니죠?"

이명옥이 좀 전과는 달리 싸늘하게 말했다.

하선예와 자신은 지금 전라 상태다. 그런데 이후석은 자신의 몸은 무슨 돌덩어리 보는 것처럼 무덤덤했다.

이미 익숙하게 잘 아는 몸인 까닭에 그렇다 치지만, 하선예를 바라보는 눈빛에는 음욕이 가득했다.

그런 까닭에 다소 서운하고, 뭔가 알 수 없는 걱정이 스며들었다.

"걱정 마. 널 대신할 여자가 어디 있다고 그래. 이년은 미래의 차기 여주인이 될 거야."

"딱 한 번이에요. 한 번만 간 봐요. 최면을 위해서."

이명옥이 '최면'이란 단어를 강조하면서 말했다.

자신의 남자가 다른 여자와 놀아나려는 것을 묵과해야 한다는 사실에 마음이 불편했다.

그렇다고 이후석에게 열렬한 사랑이 있는 것은 아니다. 이명옥은 이명옥 나름대로 이후석의 힘과 금력 등을 이용하고 있었으니까.

어쨌건 간에 이명옥에게 이후석은 아직 필요한 존재였다.

"암, 그래야지. 우리의 대의를 위해서는."

말은 그렇게 했지만 이후석은 이미 똥 마려운 강아지처럼 다급한 얼굴로 허겁지겁 하선예를 안아 올리고는 재빨리 다시 나왔던 방으로 들어갔다.

그런 그를 이명옥은 아무런 제지도 하지 않았다.

쾅.

방문을 닫는 소리가 거칠게 들렸다.

'남자들이란.'

그녀는 하선예가 들어간 방을 물끄러미 바라보았다.

저 방에서 어떤 일이 벌어질지 뻔하다.

아마도 하선예는 달라져서 나오겠지.

아버지에 짓눌려 살아왔던 자신의 과거가 탁탁 벗겨진 것처럼, 하선예 역시 순진한 과거를 벗고 나올 것이다.
'그래, 이제부터 시작이야.'
이명옥은 어두운 얼굴로 창밖을 바라보았다.
자신이 손에 넣어야 할 세상, 대한민국.
그 목표 하나만이 그녀에게는 존재했다.

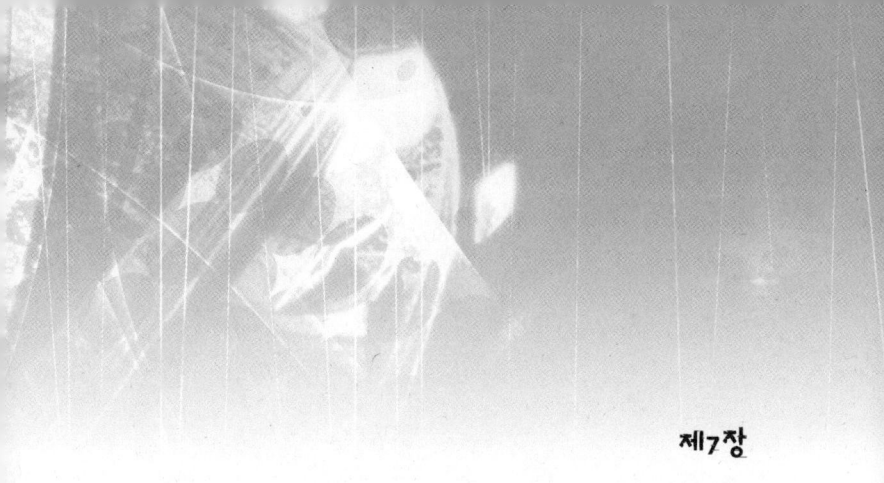

제7장

김한기와 아그레스

"으흐흐, 드디어 왔다!"

엘르 호숫가에서 김한기가 큰 소리로 외쳤다. 옆에서 김춘추가 미소를 지으면서 놀려 댔다.

"정령들 놀래겠다."

"저게 정령들인가?"

김한기는 엘르 호수 위를 날아다니는 정령들을 보면서 감탄을 내뱉었다.

"명색이 천계에 있었으면서 본 적이 없어?"

김춘추가 구박하듯이 말하자 김한기가 반박했다.

"이놈아, 나는 지구계라고."

"아하, 그러셔?"

"천계가 얼마나 많은지 모르는군."
"몰랐지. 천계에 안 살아 봐서."
김한기가 변명하듯이 설명을 했다.
"커흠, 내가 살아 봐서 아는데. 지구와 똑같다. 천계도 뭐 그렇게 나뉜 것이라고 보면 돼."
"두 세계를 드나드는 인간의 영역이 신들보다 더 넓은 거네?"
김한기가 입을 삐죽거리면서 말했다.
"겨우 판테온 세계 하나 드나든다고 우쭐거리기야?"
"우쭐댈 만하지. 그건 그렇고, 드래곤은 어떻게 되는 존재야?"
"드래곤?"
김한기의 되물음에 김춘추가 고개를 갸웃거리면서 재차 물었다.
"지구에도 존재하고 이곳에도 존재하잖아. 천계에도 존재한다고 들었는데."
그런 김춘추를 김한기가 어이없다는 듯 바라보았다.
"네놈은 이 상황에서도 공부하냐?"
자신들은 이제 막 지구에서 판테온으로 넘어왔다. 그런데 오자마자 질문이라니.
김춘추가 어깨를 으쓱 올렸다.
"궁금한 거지. 궁금한 것은 당연히 풀어야 하고."

"드래곤이나 용… 용어는 안 중요하겠지만, 어쨌건 간에 그런 것들은 중간계에 존재하기 때문이지."

"그러면 중간계의 존재들은 어느 천계나 갈 수 있다는 뜻인가?"

김춘추가 다시 물었고, 김한기의 이맛살이 찡그려졌다.

"그건 복잡한 질문이야. 중간계에서도 어떤 존재로 있느냐의 문제인데. 그걸 으흠… 또 따지면… 또 갈라지고… 또 갈라져서…….."

"그러니까 너는 모른다 이거지?"

김춘추가 핵심을 짚었다. 그러자 김한기가 벌컥 소리를 질렀다.

"이놈아, 천계에 있던 존재에게 무슨 말이야!"

"그게 그거지. 천계에 살았다고 해서 우주의 모든 것을 아는 건 아니라는 거."

"크흠."

김한기가 헛기침을 했다. 김춘추 말이 사실이었기 때문이다.

우주는 넓고 끝이 없다. 천계에 있는 자신, 아니 그 위의 존재라고 할지라도 우주의 전부를 알 수는 없다.

그저 공명하는 것.

공명하는 것과 아는 것은 또 다르다.

말로 표현할 수 없는, 지식과는 다른 영역이기 때문이다.

어쨌거나 드래곤은 중간계의 존재이고, 중간계에서도 가장 최상위자에 속한다.

그 덕에 연결되어 있는 차원, 예를 들어 지구와 판테온의 경우에는 두 세계를 전부 엿볼 수 있다. 두 세계에서 일어나는 일들을 드래곤끼리 공유할 수 있는 것이다.

"그럼 마지막 질문 하나."

김춘추가 씨익 웃었다. 그에 김한기가 식겁한 표정으로 물어 왔다.

"또 뭘 묻게?"

"신계의 네 능력이 여기에서는 나타나?"

"아이 씨, 자꾸 아픈 데를 찌를래!"

또 한 번 김한기가 벌컥 소리를 지른다.

"아, 아픈 데였구나."

김춘추는 능청스럽게 말하고는 김한기를 뚫어지게 쳐다본다.

"왜, 내 얼굴에 뭐가 묻었어?"

김한기의 물음에 김춘추가 속내를 털어놓았다.

"아니, 이곳에 오면 천계의 일이 생각날까 했지."

"……."

김한기는 아무런 대꾸도 하지 않았다.

순간 어색한 기운이 두 사람 사이에 맴돌았다.

김춘추가 김한기를 굳이 이곳으로 데려온 가장 중요한 이유는 바로 그것이었다.

 인간계에 내려온 김한기가 점점 천계의 일을 잊어 간다고 했다. 자신이 왜 내려왔는지조차 어느새 까맣게 잊었다고 말이다.

 하나, 김춘추는 기억한다.

 자신과 김한기가 처음 만난 날, 그의 기운이 황금빛으로 변하다가 말았던 사건을.

 분명 자신과 김한기는 어떤 연결점이 있을 것이다.

 운명은 그 연결점으로 데려다주고, 자신이 판테온과 운명적으로 엮였다면 필시 김한기에게도 영향이 있지 않을까 싶었다.

 천계의 기억이 온전하게 되살아나는 것은 바라지 않는다. 능력 역시 마찬가지였다.

 일부 능력은 천계에서만 사용되어야겠지.

 하지만 궁금하다.

 김춘추는 환생의 이유를 잊었다.

 처음 왜 자신이, 어떤 이유로 환생하게 되었는지 기억이 없다.

 하지만 그 이유로 인해서 자신은 끝없이 환생하고 있다.

 모든 인연이 복잡하게 엮이고, 그 정점이 어쩌면 이번 생이 아닐까 하는 생각을 김춘추는 하고 있었다.

 다른 차원을 넘나들고, 천계의 인물을 친구로 삼고.

과거 무수한 생과는 달리, 지금 자신의 주변에는 평범한 인간과는 다른 인물들이 몰려오고 있다.

필시 이번 생이 그 정점, 혹은 처음 환생을 하게 된 이유와 맞물려 있을 것이다.

아니, 이유 따위는 몰라도 좋다.

처음 환생을 기억해 낸 이래, 오랜 시간 동안 궁금했다. 왜 자신이 환생을 기억하는지. 그 이유가 무엇인지.

하지만 시간이 약이라더니, 지금은 그 이유 따위는 궁금하지 않다.

그저 이번 생이 마지막 환생이기를 바랄 뿐이다.

그리고 지금의 느낌은 좋다. 마지막 정점 위에 서 있는 기분.

하지만 그것을 풀어내는 것도 자신의 몫이다.

풀어낸다.

풀어내는 방식.

자신을 둘러싸고 있는 이질적인 이런 존재들을 돕는다면 알게 되지 않을까?

생각을 멈춘 김춘추는 다시 김한기를 바라보았다.

"현재로서는 기억나는 게 없나 보군."

"할 수 없지, 뭐."

김한기는 전혀 아쉽지 않은 것처럼 대꾸했다.

"속 편하네."

"누구처럼 복잡한 것은 싫거든."
"누구? 누구 말인데?"

김한기의 말에 김춘추가 주변을 두리번거리면서 능청을 떨었다. 방금 전 대화로 다소 어색해진 둘 사이의 분위기를 풀기 위해서였다.

"그러는 너."

말을 하고 김한기가 짓궂게 웃었다.

"하하하. 내가 무슨 복잡하다구."

김춘추가 항변하듯이 말했다.

"여자 마음 하나 모르고 맹추같이. 여자관계나 복잡하게 만들고."

"뭔 소리야?"

김춘추가 어이없다는 듯이 물었다.

"이예화가 너 좋아하는 거 몰라?"

"아, 걘 친구지."

김춘추는 딱 잘라 말했다.

이예화의 마음을 모르는 것은 아니었지만, 어딘가 그녀의 마음을 받아들이기에는 불편한 구석이 있었다. 처음 만남부터 그랬다.

"리디아는?"

"리디아? 리디아도 동생이지."

김춘추가 무심하게 대꾸했다.

"그래서 오라는 여자 안 말리고 차고 다닌다 이건가?"
"이 나이에 당연하지. 한창 혈기 왕성할 때잖아."
김춘추가 씨익 웃었다.
그의 위치상, 점점 많은 여자들이 그를 둘러싸고 있다.
물론 이예화나 리디아가 생각 안 나는 것은 아니었지만, 그럴수록 더욱 그녀들의 기대감을 저버리는 편이 낫겠다고 여겼다.
다른 세계에 사는 리디아와는 애초에 엮일 상황이 전혀 아니었다. 이예화는 앞서의 이유로 그렇고.
차라리 감정적으로 엮이지 않은 여자들과 어울리는 게 편하다는 것을 과거의 경험으로 익히 알고 있었다.
김한기가 고개를 저으면서 내뱉었다.
"에라이! 네 마음대로 살아라."
리디아나 이예화가 김춘추를 좋아한다는 사실은 주변의 사람들이라면 이미 다 눈치를 채고 있었다.
김한기가 보기에는 그 둘이면 충분히 김춘추와 어울렸다. 김춘추 같은 존재에게는 특별한 여자가 필요하니까.
하지만 아직까지 김춘추는 젊다. 그러니 자신의 청춘을 누린다는 데 딱히 말릴 이유도 없었다.
"고맙다."
웃으면서 말한 김춘추가 갑자기 한숨을 쉬었다.
"왜?"

김한기가 물었다.

"왜 이곳으로 왔는지 모르겠어."

"뭐, 이곳이 지구와 연결점이 있나 보지."

"그럴 수는 있지. 다음번에 보면 알겠지."

그렇게 말하면서 김춘추는 잠시 생각에 잠겼다.

이제 그는 다섯 번째 반지를 이곳에서 찾아야 한다.

처음 시바 여왕에게 들었을 때는 반지가 지구와 판테온 두 곳에 있는 줄 알았다.

그런데 지구에서는 아무리 찾아봐도 반지의 기운이 없다. 아니, 반지를 찾는다는 생각조차 하지 못했다. 그냥 일주일이 되기 전에 얼른 판테온으로 넘어왔다.

그런데 슬슬 이상한 생각이 든다. 뭔가 맞지 않는다는 기분.

이것이 순전히 기분 탓일까?

김춘추는 순간 오한이 들었다.

무언가 놓친 게 있다. 그런데 그것이 무엇인지 아직까지 짐작도 하지 못하겠다.

'일단 일행에게 가야겠군.'

김춘추는 커크 상단의 일행을 떠올렸다.

하지만 그들이 전부 지그에논 제국에 있을 것이란 기대는 하지 않았다.

리디아야 굶주린 백성들을 위해서 영주들과 한바탕 설전

을 벌이고 있겠지.

그 외 다른 존재들은 어디로 튀었을지 짐작도 되지 않는다.

"아그레스가 있다면 얼마나 좋을까."

김춘추는 자신도 모르게 속내를 툭 던졌다.

"그사이 이곳에서 정든 여자라도 생겼어?"

그러자 김한기가 혀를 차면서 말했다.

물론 그도 아그레스가 드래곤임을 모르지는 않는다.

하지만 김춘추가 드래곤과 사랑에 빠지지 말라는 법도 없다. 워낙 특이한 인간이니까.

"뭘 그렇게 봐?"

"뭐 어때? 난 다 이해한다고."

두 팔을 활짝 벌리는 김한기의 모습에 김춘추가 기가 막힌다는 표정을 지었다.

"허어."

아그레스와 자신이라니.

생각만 해도 웃긴다.

아그레스는 현재 겉모습은 엘프이다.

비록 엘프들이 아름답다고는 하지만, 그녀의 본모습을 아는 김춘추로서는 사양하고 싶었다.

"역시 그랬군. 리디아나 이예화를 돌 보듯 한 것은 아그레스 때문이군."

"너무 막말하시는데?."
"상황이 그렇잖아. 아그레스가 여기 있었으면 좋겠다며?"
"그거야, 아그레스가 있으면 단숨에 그 능력을 사용해서 우리를 지그에논 제국으로 데려갈 것 아니야?"
"능력을 빙자한 애정은 아니고?"
"어휴."

김춘추는 김한기를 보면서 고개를 저었다.

김한기가 지금 자신에게 장난을 치고 있다는 것은 모르지는 않는다.

두 사람은 모처럼 서로 농담을 주고받으면서 엘르 호숫가에서 웃고 떠들었다.

"어머어머, 역시 내 감이 맞았엉."

아그레스의 코맹맹이 목소리가 먼저 허공에서 들려 나왔다.

이윽고 그녀가 빨간 머리카락을 비비 꼬면서 좋아서 어쩔 줄 모르는 표정으로 허공에 모습을 드러냈다.

폴짝.

그녀는 가볍게 땅에 착지했다. 그러고는 지체 없이 김춘추를 향해 오더니 그를 꽈악 안았다.

"올 시간이라고 생각했쭝잉."

코맹맹이 소리로 아그레스는 비명을 지르다시피 기뻐했다.

김춘추는 포기했다는 표정으로 자신의 몸을 여전히 붙들고 있는 아그레스를 내버려 두었다.

"저년이 그 드래곤이야?"

그 광경을 본 김한기가 어이없다는 표정으로 물었다.

"저놈은 누구기에 무례하종?"

김춘추에게는 여전히 코맹맹이 목소리로 말하면서도 아그레스는 싸늘한 눈빛으로 김한기를 째려보며 곧바로 앙칼지게 외쳤다.

"땅에 떨어진 신 주제에!"

"오호라, 나를 알아보는 건가?"

"내가 워낙 특별한 드래곤이라 알아보는 거지."

아그레스는 계속해서 쏘아붙이듯이 말했다.

"그래, 특별한 드래곤. 반가워. 난 김한기야."

"왜 따라왔대?"

"네년 감시하려고. 우리 춘추를 마구 쫓아다닌다면서!"

아그레스도 김한기의 말에 지지 않고 대꾸했다.

"그러는 너도 나와 별반 차이가 없는 것 같은데?"

"난 갈 곳이 없어서 그렇다 치자. 너는 네 둥지도 있는데 왜 애를 쫓아다니는 거야?"

김한기의 말에 아그레스가 씩씩거렸다.

"어이가 없어. 네 지천이 다 집일 텐데 무슨 개 같은 소리야? 그리고 내가 유희를 즐기든 말든 네가 무슨 상관인데?

땅에 떨어진 신 따위가."

"이게 확! 내가 다시 신계로 돌아가면 너 가만 안 둔다."

"가만 안 두면 어쩌려고? 한 번 품위를 잃은 신 따윈 안 무서워!"

"……."

아그레스의 비꼼에 김한기는 순간 입을 다물었다.

그녀의 말이 사실이다.

적어도 그것 하나는 기억난다.

품위를 잃은 신. 그 지위를 회복하는 것은 신계에 돌아가서도 매우 어려운 일이다.

'이거 곤란하게 됐네.'

김춘추는 두 사람을 번갈아 쳐다보았다.

둘이 만나면 이럴 것 같다는 생각은 했다. 하지만 김한기가 이렇게 상처받으리라고는 미처 생각지 못했다.

'내가 억지로 기억을 살리려고 한 게 아닐까.'

김춘추는 걱정스러운 얼굴로 김한기를 바라보았다.

✦ ✦ ✦

"흥, 말이 없는 거 보니 몰랐나 보네?"

아그레스가 의기양양한 미소를 띤 채 말했고, 김한기가 소리를 질렀다.

"그래, 몰랐다!"
"자기가 몰랐으면서 왜 나한테 지랄이야."
아그레스가 입술을 삐죽 내밀면서 투덜거렸다.
"네년은 춘추에게는 코맹맹이 소리를 내면서 왜 나한테는 안 그러냐?"
김한기가 반격에 나섰다.
"내가 왜 너 따위에게 아부를 해야 하지?"
아그레스가 콧방귀를 뀐다.
"그럼 저 녀석은?"
"일단 잘생겼어."
"뭐?"
"너도 눈이 있으면 보라고. 얼마나 잘생겼나!"
그러면서 아그레스는 김춘추를 감탄하듯이 보았다. 마치 잘 조각된 미남 조각상을 보는 것처럼.
김춘추는 갑작스럽게 쏠린 두 사람의 눈빛에 어쩔 줄을 몰랐다.
이건 마치 자신을 두고 싸우는 어린애들 같지 않은가.
게다가 잘생겼다니.
뭐, 완전히 장난감 같았다.
'어휴… 하나는 신, 하나는 드래곤이라.'
김춘추는 마냥 어린애 같은 두 존재를 번갈아 쳐다봤다.
그의 심정을 아는지 모르는지, 아니면 이 상황이 재밌어서 그런 건지 김한기는 아그레스의 말에 계속해서 지지 않고 대꾸했다.

"저 녀석이 잘생긴 것은 인정한다. 지금 네년이 내 모습만 보고 그러는데… 커흠."

김한기가 자신의 튀어나온 배를 어루만지면서 말을 이었다.

"이 몸이 신계에 있을 때는 모든 천녀들이 이 몸의 은혜를 받으려고 줄을 섰다. 알겠냐?"

"그건 신계에 간 뒤에 말하시고. 지금은 배불뚝이 아저씨로밖에 안 보이는데?"

아그레스가 비웃었다.

"이년아, 넌 무슨 드래곤이 외모로 존재를 따지냐!"

수세에 몰렸다 싶었는지 김한기가 또 버럭 소리를 지르자, 그럴 줄 알았다는 듯이 아그레스가 말했다.

"아까 내가 말했지. 일단은 잘생겼다고."

"이단은 뭔데?"

"두 세계를 넘나들잖아."

뻔하다는 식으로 대꾸하는 아그레스를 김한기가 어이없다는 눈빛으로 보았다.

"겨우 그거 때문에? 나도 넘어왔잖아."

'잘들 노는군.'

두 존재의 어린애 같은 말싸움에 김춘추는 혀를 내둘렀다.

"네 자력으로 못 넘어왔잖아."

아그레스가 비아냥거렸다.

"아."

김한기는 그제야 리디아가 김춘추에게 건네준 단도를 든 자신의 손을 황망하게 내려다보았다.

"필시 그거 때문에 넘어왔겠지."

아그레스가 딱 잘라 말했다.

김한기의 1패.

지금이 끼어들 타이밍이었다.

김춘추가 물었다.

"저 단도에 대해서 잘 아십니까?"

"차원을 넘게 해 주는 거지."

김춘추의 물음에 아그레스는 더욱 기고만장해져서 대답했다.

"왜 그런지 아십니까?"

김춘추의 눈빛이 반짝거렸다.

'이크, 위험해. 큰일날 뻔했군.'

무어라 말하려던 아그레스는 그의 눈빛을 보고는 이내 고개를 저었다.

"그건 나도 몰라."

"정말 모르십니까?"

김춘추가 수상쩍은 눈빛으로 되물었다.

"그렇다니까. 너는 이 드래곤이 거짓말을 한다고 여기는 거야?"

제 풀에 찔린 아그레스가 버럭 소리를 질렀다.

"모든 것을 다 아시는 드래곤께서 모르신다고 하니, 하도 이상해서 여쭤 보았습니다. 제가 잘못했군요."

김춘추가 넉살 좋게 대꾸했다.

"아, 그렇지. 나는 다 알지. 하지만 차원에 관해서는 모르는 것도 존재해야지. 저기 신계에 있는 놈은 아예 모르잖아."

아그레스가 김한기를 턱으로 가리키면서 비웃었다.

"그렇긴 하죠."

김춘추가 고개를 끄덕였다. 그러고는 다시 한 번 확인 사살하듯이, 마치 혼잣말처럼 중얼거렸다.

"드래곤도 모르는 게 있기는 있군."

"……."

아그레스가 입을 다물었다.

자신이 할 수 없는 말이다. 중간계에서도 단도에 관해서 아는 드래곤은 몇몇뿐이다.

이것은 태초의 서약. 지켜져야 하는 것이다.

"저년은 알아도 말 못하는 게 분명해."

김한기가 그런 아그레스를 힐난했다.

"왜 네가 자력으로 못 넘어오는 것을 나에게 화살을 돌리지?"

 그에 아그레스가 말꼬리를 잡고 따졌다.

"네가 그랬잖아. 난 땅에 떨어진 신이라고."

"그래, 좋겠다. 왜, 땅에 떨어진 신이라고 아예 광고를 내지?"

 아그레스도 지지 않고 대꾸했다.

 '이거야, 원. 원점이네.'

 김춘추는 아그레스와 김한기의 대화를 유심히 들었다. 그 사이에 두 존재에 대한 정보가 흘러나올 수 있으니까.

 김한기조차 몰랐던 정보들도 있을 수 있다.

 실제로 천계에 되돌아가도 김한기는 잃은 명예를 되찾기 위해서 꽤나 고생해야 한다.

 뭐, 아직까지는 그다지 도움되지 않는 정보였지만.

 아그레스를 탁탁 털면 꽤나 유용한 정보가 흘러나올 것이 분명했다.

 단도에 관해서도 일말의 무언가가 있다는 것을 알았다.

 단순히 차원의 문지기에게 준 신물이 아니다. 역대 차원의 문지기가 모두 단도를 받은 것은 아니란 뜻이다.

 적어도 저 단도에는 비밀이 있다.

 지그에논 황족을 세운, 차원의 문지기에는 말 못할 비밀이 있는 것이 확실했다.

 이 정도의 정보도 꽤나 유용한 셈이었다.

리디아의 갈증을 푸는 것은 곧 김춘추에게도 도움이 된다. 그녀가 찾는 그분에 관한 숨겨진 영상이 그가 가지고 있던 반지에 반응해서 드러난 것과 같은 맥락일 수 있기 때문이다.

'좀 시끄럽긴 해도 당분간 둘이 붙여 놔도 되겠는데.'

두 존재를 보면서 김춘추는 이번에 이곳에 되돌아온 소기의 성과가 있다고 판단 내렸다.

"아그레스 님, 잠시만요."

생각을 마친 김춘추는 여전히 입씨름을 하고 있는 아그레스를 불렀다.

"왜 부르셨어용? 오홍홍, 뭐든지 물어보세요."

아그레스가 김춘추를 향해 환하게 웃는다. 김한기를 대할 때와는 정말이지 180도로 달랐다.

김춘추가 자신에게 말을 걸어주어서 정말로 기쁘다는 듯한 태도를 보였다.

"쳇."

그 모습을 김한기가 옆에서 못마땅하게 보았다.

김춘추가 물었다.

"지금 지그에논 제국은 어떤 상태입니까?"

"아, 뻔하죵. 영주들을 협박하고 으르고 달래고. 뭐, 그러고 있죵."

"별문제는 없고요?"

"매 순간이 문제지용. 자고로 자기들 거 뺏기기는 싫고. 뭐, 그래서 왕이랑 리디아가 이리저리 골머리를 썩고 있죵."

"별로 큰 문제는 아니군요."

김춘추가 씨익 웃었다.

"뭐, 자기들이 알아서 하겠죠잉. 그런 것까지 도와주면 애들 버릇 나빠져용."

아그레스가 김춘추가 하는 말의 의도를 이해하고는 맞장구를 쳤다.

리디아는 지금 황녀로서 그 시험대에 오른 것이다.

기반을 갖춰졌다.

대마법사에서 두 드래곤 등등.

모두가 금화를 탁탁 털어서 곡물을 사 왔다.

그러니 그것을 가지고 영주들을 끌어모으는 것은 오로지 리디아의 몫이었다.

그런 것까지 굳이 김춘추나 이들이 도울 이유가 없었다.

어디나 사람 사는 데는 똑같다.

스스로 이겨 내야 할 때가 온 것이다.

"그럼 저는 포션 좀 만들고 있겠습니다."

김춘추가 문득 아그레스와 김한기에게 말했다.

"아, 그 포션."

김한기는 오성그룹의 창업주인 이희철이 마신 힐링 포션

에 관해서 김춘추에게서 이미 얘기를 들었다.

그로서도 그 힐링 포션에 관심이 있을 수밖에 없다. 지구로 돌아가면 떼돈을 벌게 해 줄 물건이기도 했으니까.

본시 재물에 관해서라면 누구 못지않게 욕심이 많은 김한기였다. 그에 김한기는 자신의 욕심을 드러냈다.

"나도 만들 수 있을까?"

"마나를 다룰 수 있다면 가능하겠지."

김춘추는 아그레스를 곁눈질하면서 대답했다.

"오호랑, 이제는 아예 마법사까지 하겠다?"

그 말을 듣고 아그레스가 김한기를 구박했다.

"이왕 땅에 떨어졌는데, 마법사 좀 된다고 누가 뭐라고 하겠냐."

김한기가 투덜거렸다.

"누가 뭐래."

흠칫.

피식 웃는 아그레스를 김한기가 놀래서 쳐다봤다.

"나도 가능해?"

"관심 있나 봐."

아그레스는 더욱 의기양양해졌다.

"지구에서는 안 되던데."

김춘추가 옆에서 거들었다. 그러자 아그레스가 김춘추를 바라보면서 몸을 비비 꼬았다.

"그럴 수 밖에용. 홍홍."

"야, 그 꼴 좀 안 보면 안 되는 거야?"

김한기가 역겹다는 듯이 소리를 질렀다.

"그런 태도는 곤란한데?"

아그레스는 그새 태도를 바꿔서, 김한기에게는 차갑게 말했다.

"쳇, 무슨 드래곤이 금방 이랬다저랬다 하냐?"

"춘추 님은 소중하니까용."

아그레스는 계속해서 환한 미소를 지으면서 김춘추를 보았다. 그 시선에도 불구하고 김춘추는 무덤덤한 표정이었다.

"그래, 졌다, 졌어."

김한기가 고개를 저으면서 중얼거렸다.

"네가 졌다고 해서 기분 좋은 건 없거든."

그 모습에 아그레스는 김한기에게 눈을 흘겼다.

"그러지 말고, 내가 여기서 마나를 다룰 수 있는지 알려줘라."

방금 전 아그레스의 대화를 떠올리면서 김한기가 재차 물었다.

"일단은 가능해."

"오호, 어떻게?"

김한기가 기대에 찬 눈빛으로 묻자 아그레스가 비아냥

거렸다.

"맨입으로?"

"나는 가진 게 없는데. 설마 이 단도를 달라고 하지는 않겠지?"

김한기가 단도를 들어 보이면서 묻자 아그레스가 고개를 저었다.

"그 단도는 됐어. 남의 것을 탐하다가 체해."

그 모습으로 하나만으로도 김춘추는 단도가 굉장한 신물이라는 것을 짐작할 수가 있었다.

금은보화, 희귀한 아티팩트, 심지어 신물 등을 탐하는 것은 드래곤의 기본 성정이다.

그런 드래곤이 남의 것을 탐하다가 체한다는 소리를 했다.

그게 말이 되는가.

욕심이 나도 손을 뻗을 수 없는 물건인 것이 분명했다.

"그럼 줄 게 없는데."

김한기가 김춘추를 보면서 말했다. 자신 대신 무언가를 아그레스에게 주라는 소리였다.

"나도 반지밖에 가진 게 없는데."

김춘추가 양손을 들어 올린 채 으쓱였다.

"아잉, 대신 나중에 제 소원 하나만 들어주세영."

그러자 아그레스가 몸을 비비 꼬면서 김춘추에게 기댔다.

김춘추는 닭살이 돋을 지경이었지만, 김한기를 위해서 참았다.

일단 김한기가 조금이라도 능력을 얻는 것이 기억 회복에도 도움이 될 것 같았다.

그리고 그것은 필시 자신과도 연결점을 찾는 데 도움이 될 것이다.

아니, 도움이 되든 안 되든 이번 생에서 최초의 친우는 김한기다. 정확히는 티페지만.

어쨌건 간에 잠시 닭살 돋는 이 행위를 참아서 김한기에게 도움이 된다면, 참아 준다.

"소원이요? 위대하신 드래곤께서 무엇이든지 할 수 있는데 제가 들어드릴 소원이 있습니까?"

"지금은 없죵잉."

"그런데요?"

"나중에용."

아그레스의 눈빛이 순간 진지해졌다.

김춘추는 고개를 끄덕였다.

또 하나의 연결점, 그것이 아그레스의 미래 소원일 수도 있겠다. 직감적으로 그렇게 느껴졌지만, 딱히 어떻게 설명할 도리가 없다.

"좋습니다."

"어머나~ 약속한 거예용!"

아그레스는 신나서 초원 위를 팔딱팔딱 뛰어다녔다.

그 광경은 흡사 철딱서니 없는 엘프 하나가 붉은 머리카락을 흩날리면서 노는 것처럼 보였다.

저 모습이 천하의 붉은 드래곤 아그레스라니.

상상하기도 어렵다.

"재 소원, 괜찮을까?"

김한기가 염려스러운지 한마디 던졌다.

"그때 가 보면 알겠지."

"고맙다."

"아직 마법사가 된 것도 아닌데 인사는 나중에 하시지."

고마워하는 김한기를 보면서 김춘추가 웃었다.

"그만하고 설명을 해 봐!"

김한기가 여전히 초원 위를 뛰어다니는 아그레스에게 소리를 질렀다.

순간, 아그레스가 별거 아니라는 식으로 툭 던졌다.

"심호흡해 봐."

"잉?"

김한기가 이해할 수 없다는 표정을 지었다.

지구에서 그는 마나를 느끼지 못했다.

"그냥 해 봐."

김춘추가 김한기의 어깨를 두드리며 용기를 줬다.

"알았어."

김한기가 눈을 감았다. 어느새 옆으로 다가온 아그레스가 말을 걸어왔다.

"평소 느껴지는 기운 말고 다른 게 있나 찾아봐."

"어어, 있네. 있어!"

김한기의 얼굴이 순간 환해졌다.

"그렇지."

아그레스가 의기양양한 미소를 지었다.

"이거 왜 이런 거지?"

김한기가 눈을 도로 뜨고는 묻자 아그레스가 별거 아니란 식으로 대답해 줬다.

"순도와 양 차이지."

"그거야 당연하지. 지구는 마나가 희박하고 여기는 풍부하니까. 그리고 쟤한테 들어 보니 여기는 또 이곳에서도 특별하다며?"

"그렇지."

"쟤는 진작 됐잖아."

"그렇지."

"그런데 나는 왜?"

김한기가 여전히 이해 못한다는 듯이 물었다.

"어휴, 이 바보는 천계의 기억을 잃더니 싸악 잊어버렸군. 지 몸이 어떻다는 것도."

아그레스가 구박하듯이 투덜거렸다.

그녀의 말에 무언가 생각난 듯이 김춘추가 조심스럽게 물었다.

"혹시 천계분들은 인간들과는 달리 한계가 없어서 그런 겁니까?"

"오호오홍, 역시 단번에 이해하셨네요."

아그레스가 김춘추를 향해 엄지손가락을 치켜세웠다.

"거참, 둘만 알아듣지 말고 나에게 설명해 봐."

김한기가 답답하다는 듯이 말했다.

"그러니까 천계 존재들은 존재 자체가 없다. 즉, 한계가 없다가 그 베이스잖앙."

할 수 없다는 표정을 지은 채 아그레스가 설명을 하기 시작했다.

김한기는 고개를 끄덕였다.

기억은 나지 않지만 뭐, 저 설명이 맞겠지. 대충 그럴듯했다. 인간과 천계의 존재와 차이점이 그렇겠지.

"지구나 판테온에서의 마나는 당연히 한계가 있는 인간들에게는 금방 작용하지. 하지만 천계의 존재는 한계가 없으니 밑 빠진 독과 마찬가지인 거지. 마나를 못 느낀다기보다 아무리 들이부어도 차오르지가 않는 거야."

"아."

김한기가 그제야 이해했다는 듯이 고개를 끄덕였다. 하지만 여전히 의문에 찬 표정이었다.

"그런데 여기서는 왜 느끼는 거야?"

"바보탱이, 너는 지금 육체를 가지고 있잖아. 천계의 존재와 육체 조합이라 그래도 밑 빠진 독은 아니고 마개가 작용하는 거지. 물론 인간들에 비하면 그 독은 매우 크고 넓어서 쉽게 차오르지가 않는다는 것뿐이지. 지구는 마나가 희박하다며? 그러니 당연히 네놈에게는 느껴질 양도 안 되는 거고."

"쳇, 이제 이해했다."

김한기가 몹시 실망스러운 표정으로 말했다.

아그레스의 말을 정리하자면, 마나가 아주 많고 순도 높은 곳에서만 마나를 느낀다. 그 얘기는 다른 인간들처럼 제대로 된 마법사가 되기는 글렀단 뜻이다. 마나 자체의 소모가 인간들과는 차이가 크니까.

"그래도 운이 좋지. 이 엘르 호수에 왔으니. 1서클이라도 할 수는 있겠는걸?"

아그레스가 위로랍시고 던졌지만 절대 위로는 아닌 말이었다. 김한기가 짜증스럽다는 얼굴로 아그레스를 노려보고 있었다.

'이 조합, 정말 괜찮을까?'

두 존재를 보면서 김춘추는 속으로 고민에 잠겼다.

제8장

엘르 호숫가에서

퍼펙트 마이스터

"제길, 왜 이렇게 안 모아져!"

그새를 못 참고 김한기가 불만을 터트렸다.

"또 시작이네, 시작이야."

아그레스가 그런 김한기를 구박했다.

"네가 나였다면 진작에 포기했을 거다!"

"흥, 웃겨! 나였다면 애초에 인간의 땅으로 쫓겨나지도 않았을 텐데."

"어이가 없군. 내가 무슨 죄를 지어서 쫓겨났는 줄 아나 보지?"

"그거 말고 다른 이유가 있겠어?"

"있겠지. 암, 있고말고."

"꿈도 야무져."
"쳇, 너랑 말하면 내가 인간이 아니다. 아니지. 아이쿠, 모르겠다."
혼자 중얼거리던 김한기는 아그레스를 보지 않으려고 일부러 방향을 바꿔 앉았다.
"열심히 해라. 언젠간 모아지겠지."
아그레스가 김한기의 등 뒤에다 대고 약을 올렸다.
'한시도 가만있지 않는군.'
김춘추는 머리가 지끈거렸다.
저 두 존재의 조합, 정말이지 최악이거나 최상이다.
"많이 만들었어용?"
어느새 김춘추의 곁으로 다가온 아그레스가 살랑거리며 물었다.
"덕분입니다."
김춘추는 미소를 띤 채 대답했다.
엘르 호숫가에 나는 진귀한 약초들 덕분에 최고급 힐링 포션들을 많이 만들 수 있었다. 게다가 인간의 마법이 아닌 아그레스가 가르쳐 준 용언이니, 그 효능이 더욱 뛰어났다.
"반지의 기운은 느꼈엉?"
아그레스가 물었다.
"이번엔 딱히 느낌이 오는 게 없습니다."
김춘추가 살짝 우울한 표정을 지었다.

다른 때와는 달리 다섯 번째 반지에 대한 단서가 전혀 없었다.

시바 여왕조차 꿈속에 나타나지 않는다.

점점 난이도가 높아진다더니, 이번부터는 확실히 쉽지 않을 것이라고 각오는 했었다.

"반지를 찾지 못하고 지구로 넘어가면 어떻게 되죠?"

김춘추가 물었다. 아그레스라면 어느 정도는 알고 있을 테니 말이다.

아그레스가 대답했다.

"지구에서 반지를 찾지 못하고 넘어왔잖아용. 그래도 지구와 판테온에서는 별일 없었잖앙."

"그 경우는 지구에 반지가 없었기 때문입니다. 그 느낌이 확실히 없었으니 말이죠."

"판테온도 그런가 보징."

아그레스는 그다지 심각하게 생각하지 않는 눈치였다.

"그럴 수도 있겠습니다만… 확실히 다섯 번째 반지는 판테온에 있다는 생각은 듭니다. 만약 이곳에 있는데 반지를 찾지 못하고 지구로 넘어가면 어떻게 되죠?"

김춘추가 재차 상황을 가정해서 물었다.

"우르르릉 콰쾅이겠지."

이번에도 아그레스는 별거 아니란 식으로 대답했다.

"우르르릉 콰쾅?"

"그냥 양쪽 다 지진, 해일, 폭우, 폭설, 뭐 이런 거 있잖아용. 이런 게 좀 나는 거죵. 그나마 다섯 번째이니 종말까지는 안 갈걸용?"

김춘추는 어이가 없었다. 그녀는 지금 너무도 쉽게 이야기를 내뱉고 있었다.

하지만 그 얘기를 들어 보면 양쪽 세계에 심각한 천재지변이 일어난다는 소리였다.

"에잉, 뭐 그 정도 갖고 그래용. 여섯 번째 반지를 찾지 못하면 양쪽 세계에 균열이 생겨서 사람들이 차원 밖으로 떨어지기도 하던데잉. 그 정도에 비하면 아무것도 아니죠잉."

김춘추는 아그레스의 말에 입을 탁 벌렸다. 그리고 묻기는 싫지만, 반드시 알아야 할 질문을 했다.

"일곱 번째 반지는요? 만약 찾지 못하면······."

김춘추의 질문에 아그레스가 손가락으로 자신의 목을 긋는 시늉을 하며 딱 잘라 언급했다.

"양쪽 세계의 종말이지. 인간의 종말."
"이거 그냥 문지기 후보 시험인데요?"

김춘추는 시바 여왕의 말투와 모습을 떠올리면서 대꾸했다.

어이가 없다. 아니, 어이 상실이다.

시바 여왕은 대수롭지 않게, 그저 자신을 테스트하는 것이라고 했다.

그런데 그 테스트가 자신의 의도와 상관없이 종말을 가져올 수 있다니.

"몰랐구낭잉."

아그레스가 고개를 끄덕이며 상당히 안됐다는 눈빛으로 김춘추를 보았다.

"후보 시험인 줄로만 알았죠. 어느 시험이 탈락했다고 인간의 종말을 선사한답니까?"

"내가 그런 것도 아닌데."

"도대체 누가 그랬답니까?"

"글쎄, 굳이 꼽으라고 한다면… 누가 있징? 가만있자……."

아그레스는 머리를 쥐어짰다.

두 세계의 문지기를 뽑는 그 시험, 아니 문지기를 세우게 된 이유. 그 태초의 이유…….

물론 그녀도 자세히 아는 건 아니다. 다른 드래곤에 비하면 지식을 추구하는 붉은 드래곤의 성정상 좀 더 많이 아는 것뿐.

게다가 태초와 관련되어서는 모든 것이 함구되어야 했다. 그것은 중간계에 있는 드래곤의 숙명.

"선조 로드 드래곤도 있고… 천계인지 신계인지. 아무튼 그런 존재들도 관여하고."

아그레스는 자신이 말할 수 있는 단어들을 나열했다. 하지만 딱히 김춘추에게는 소득이 없는 내용들이었다. 이미 시바 여왕에게 들은 것들이었기 때문이다.

"……."

김춘추는 고개를 끄덕이면서 아무런 대꾸도 하지 않았다. 아그레스를 쥐어짜 봐야 그녀가 할 수 있는 말에는 한계가 있다. 더구나 아그레스가 자신을 위해서 할 수 있는 말만이라도 전부 알려 준다는 보장도 없다.

자신을 좋아하고 쫓아다니는 것은 그녀의 유희. 다른 이유가 없었다.

언제든 자신에게 흥미가 떨어지면, 아니 다른 유희가 생기면 사라질 수도 있다.

드래곤에게 무언가를 기대한다는 것은 그래서 위험하다. 기대는 곧 드래곤의 불신을 낳기 때문이다.

그런 까닭에 김춘추는 아그레스에게 힐링 포션 외에도 쓸 만한 마법을 가르쳐 달라고 하지 않았다.

또한 아그레스 역시 김춘추에게 딱히 마법을 가르쳐 줄 마음도 없었다.

바하트 계곡에서도 보았다시피, 김춘추와 원정대가 생명의 위험에 처해 있어도 아그레스는 그들을 구할 생각을 하지 않는다. 그래야 할 이유가 없기 때문이다.

같이 놀고 웃고 떠든다고 목숨까지 구해 줘야 할 의무는 없다.

인간과 달리 드래곤의 성정은 그렇다. 그러니 인간과 같은 기대감은 애초에 접는 것이 낫다.

"얏호!"

김한기가 풀밭 위를 깡충깡충 뛰어다니면서 환호성을 질렀다.

이미 한 번 본 익숙한 광경이다. 아그레스가 불과 하루 전에 저랬으니까.

김춘추는 고개를 저었다. 하지만 그의 입가에는 미소가 서려 있었다.

둘은 싸우면서도 닮아 가는 걸까.

"벌써 서클이 생겼어?"

아그레스가 못 믿겠다는 듯이 물었다.

"크흠, 내가 이래 봬도 천계에 계셨던 분 아니냐."

김한기가 목소리를 엄숙하게 깔고는 대답했다.

"아우, 그놈의 천계 소리 두 번만 더했다가는 내 귀에 딱지 생기겠다."

아그레스가 질렸다는 표정을 지었다.

자신도 상당히 낙관적인 타입이었지만, 김한기는 그런 자신보다 더 긍정적인 타입이었다.

게다가 천계에서 쫓겨난 것을 전혀 부끄러워하지 않았다. 오히려 그것을 자랑하듯이 말하고 있다.

살짝 위화감이 든다.

혹시 저 인간, 아니 저 존재.

모종의 이유로 천계에서 보낸 특사 아닐까?

아그레스의 머리가 복잡하게 돌아갔다.

아니다.

특사라면 기억을 잃을 이유가 없다.

땅에 쫓겨난 존재들의 공통된 특징은 기억을 잃는다. 김한기의 증상과 똑같다.

하지만 그런 경우, 천계에서 쫓겨난 것을 아주 부끄러워하고 슬퍼한다.

마계의 존재들과 달라서 천계의 존재들은 지고지순한 타입들이다. 그런 그들이 죄를 짓는 경우도 극히 드물지만, 어쩔 수 없이, 또는 어떤 이유로 죄를 짓게 되더라도 그 죄에 대한 부끄러움이 낙인처럼 그들의 가슴속에 남는다. 그게 천계의 존재들이다.

그런데 김한기는 전혀 달랐다.

김춘추에게 이야기를 들어 보니 재물을 좋아하는가 하면 지금처럼 천계에 있었던 일을 자랑하는 행동도 서슴지 않는다.

낙인처럼 느껴지는 부끄러움이란 눈곱만큼도 찾을 수가 없었다.

저런 타입은 특사 외에는 설명할 도리가 없다.

하지만 특사들은 기억을 잃지 않는다. 천계에서 내린 비밀 임무를 완수하기 위해서는 기억을 잃어서는 곤란하기 때문이다.

 도대체 알 수가 없다.

 아그레스는 김한기를 물끄러미 바라보았다. 그러자 김한기가 뻘쭘한 표정으로 툭 내뱉었다.

"뭘 그렇게 쳐다보냐?"

 아그레스가 한 번 고개를 가볍게 젓고는 대답했다.

"서클이 진짜 있나 하고 본 거다."

"난 또. 그 사이 내 매력에 빠졌나 했지."

"어휴, 여기 김춘추가 있는데 네 매력은 무슨. 명함도 못 내민다."

 아그레스가 김한기를 구박하고 나섰다. 그 사이로 김춘추가 끼어들었다.

"진짜 서클이 생겼는데요."

"그렇지? 하루 만에 한 거니까 잘한 거지. 으하하하!"

 김한기가 신난다는 듯이 웃었다.

"잘했어."

 김춘추 역시 고개를 끄덕이며 축하해 주었다.

 확실히 마나가 모아지자, 서클이 생기는 속도도 인간들과는 다르게 빨랐다.

 보통의 인간들이라면 마나가 모아졌다고 해서 서클이 생기지는 않는다. 물론 코러스 산 엘르 호수 주변에서라면 순도가 100퍼센트이니 서클이 생기는 속도도 빠르긴 하다.

굳이 엘르 호수 주변이 아니더라도 코러스 산 안에서만 마나를 모아도 다른 사람들에 비해서 서클이 생기는 속도가 빨랐다. 그렇기 때문에 판테온의 사람들이 목숨을 걸고 코러스 산으로 몰려드는 것이다.

하지만 번번이 몬스터들이 그들을 쫓아내고 마는 탓에 각종 고급 마나 포션을 찾을 수밖에.

판테온에서 마법사가 되는 지름길은 사실상 거의 그것밖에 없다고 봐야 했다. 마법사가 되려다가 목숨을 잃기 싫으면 말이다.

"자, 봐라. 파이어볼!"

김한기는 오른 손바닥을 위로 향하게 하고는 마법을 시현했다. 그러자 그의 손바닥 위에 타오르는 둥근 구체가 떠올랐다.

둥실.

"으하하하, 나도 이것쯤은 한다 이거야."

김한기가 몹시 기쁜 듯이 외쳤다.

"자, 이제 이것도 할 수 있지. 아이스 볼!"

이번엔 얼음으로 이루어진 둥근 결정체가 떠올랐다.

"봤지? 봤지?"

그 광경을 보고 어이가 없는지 아그레스가 물었다.

"넌 사물의 모든 기운을 느낀다며?"

그녀의 물음에 김한기가 자랑스럽게 대답했다.

"그건 그렇지. 이 몸이 좀 하시지. 이제 내가 널 알았으니까 네가 어느 곳에 있어도 난 너를 찾아낼 수가 있다."

"그런 존재가 왜 1서클에 흥분하니?"

잠시 생각에 잠겼던 김한기가 대꾸했다.

"음… 그거야 무에서 유를 만드는 것은 다르니까."

"무에서 유?"

아그레스가 되물었다.

"내가 널 찾아낸다고 해서 나에게 뭐가 떨어지지 않잖아? 그런데 이것은 다르지. 뭔가 만들어지잖아."

"그러니까 너는 소유한다는 것에 대한 욕망이 있군."

김한기의 말을 분석하더니 아그레스가 결론을 내렸다.

"소유의 욕망?"

김한기가 고개를 갸우뚱했다.

하지만 김춘추는 아그레스의 말을 알아들었다. 그리고 처음 만났을 때의 김한기 모습을 떠올렸다.

신김춘추로 행세하면서 사람들이 주고 가는 돈을 할머니에게 뜯어 제단 밑에 쌓아 두지 않았던가.

그 당시에는 형체도 없었다. 그럼에도 불구하고 제단 밑에 돈을 쌓아 두는 것으로 매우 만족했다.

김한기는 지금 자신이 갖고 있는 특별한 능력에 만족치 못하고 있다.

다른 이들이라면 그런 능력 하나만 있어도 좋겠다고 여길 것이다. 실제로 그 능력 덕에 오일층을 찾아낼 수 있었고, 기타 여러 가지로 김춘추의 사업에 도움을 주었다.

하지만 김한기는 그것에 만족하지 못했다.

오히려 김춘추가 마법을 사용할 수 있게 되자 그 사실을 매우 부러워했다. 지구에서도 계속 마나를 느끼려고 부단히 애를 쓰지 않았던가.

"내가 그래?"

김한기가 김춘추에게 확인하듯이 물었다.

"이번은 아그레스 님 말이 맞는 거 같군."

"그렇군. 뭐, 상관없지."

김한기는 아그레스의 말이나 김춘추의 말에 크게 개의치 않는 눈치였다. 그 자신도 인정하는 것이다.

"근데 그 마법."

문득 아그레스가 김한기를 보면서 혀를 찼다.

"어, 왜? 아… 이게 왜 벌써 꺼지냐?"

아그레스의 말에 김한기는 자신의 손바닥 위를 응시했다.

분명 그의 손바닥 위에는 아이스 볼이 떠 있었다. 그런데 점점 형체가 줄어들더니 그사이 사라져 버리고 말았다. 게다가 기껏 채워 놓은 몸속의 마나도 함께 없어졌다.

"쯧쯧, 그렇게 채워도 마법을 시현하는데 마나가 많이 드네. 효율성이 없어."

아그레스가 진심으로 안됐다는 표정을 지었다.

"말도 안 돼!"

김한기가 절규했다.

효용성.

이제 갓 1서클의 마법사가 된 김한기는 효율성이 아주 나쁜 문제를 갖고 있는 마법사로 전락해 버렸다.

남들은 100이라는 마나를 흡수해서 100을 사용할 수 있어도 그는 그 10분의 1도 채 사용하지 못한다. 그런데 그렇게 해서 시현한 마법조차 다른 이들은 100이란 효과를 낸다면 그는 그 10분의 1도 못 되는 효과만 낼 뿐이다.

즉, 다른 이들에 비해서 100배 가깝게 마나를 모아야 남들이 시현하는 1서클 마법을 제. 대. 로 시현해 낼 수 있는 것이었다.

"또 모으면 되지."

김춘추가 무심하게 말했다.

"넌 이게, 이게······. 아이구, 말을 말자."

뭐라고 항변하려던 김한기가 입을 다물었다.

그 자신과는 달리 김춘추는 남들과 같은 1의 노력으로 100의 효과를 낸다.

부럽다. 진심으로 부럽다.

저런 인간은 낙오자의 마음을 모른다.

김한기가 연신 좌절하면서 절규했다.

그런 그를 김춘추와 아그레스는 못 말린다는 표정으로

바라보았다.

 어차피 워낙 긍정적이고 낙천적인 성격인 까닭에 금세 툭 털고 마나를 모은다고 난리칠 게 뻔했다. 굳이 더 그를 위로해 줄 필요는 없었다.

"누군가 오는데?"

 아그레스가 귀를 쫑긋 세웠다.

 엘프의 귀는 인간의 귀와는 달리 길다.

 김춘추는 아그레스가 쳐다보는 곳으로 시선을 돌렸다.

 허공이 출렁거리더니 이내, 무언가를 토해 낸다. 그 시간은 눈 한 번 깜짝할 정도밖에 되지 않았다.

 그렇다는 것은 인간이 아니다.

 드래곤.

 퍼거슨 씨였다.

"어이, 반갑다."

 퍼거슨 씨는 김춘추를 향해 누런 이를 드러내면서 웃었다. 그와 동시에 호수 쪽으로 무언가가 떨어지는 소리가 났다.

 첨벙.

 첨벙.

"쟤들도 데려왔어?"

 눈살을 찌푸리면서 아그레스가 묻자, 퍼거슨 씨가 뒤통수를 긁으면서 말했다.

"그냥 놔두기는 좀 뭐해서."

김춘추는 재빨리 호수 안에 떨어진 캘리 공녀와 루돌프를 구해 냈다.

캘리 공녀는 드라이 마법으로 자신과 오빠의 젖은 몸과 옷을 말렸다.

"여기가 그 유명한 엘르 호수?"

퍼거슨 씨 때문에 호수 안으로 떨어졌다는 사실도 잊고 그녀는 주변을 두리번거리며 감탄사를 연발했다.

전설로만 들었지, 자신이 직접 이곳에 오게 되다니 믿겨지지 않았다.

그전에도 한 번 이 근처까지는 왔다고 했지만, 그때는 결계 밖이라 들어오지 못했다.

그 사실조차 인지하지 못했던 때가 있었다.

"환영합니다."

김춘추가 씨익 웃었다.

"다시 보니 좋군요."

루돌프가 김춘추에게 손을 내밀었고, 두 사람은 가볍게 악수를 교환했다.

"지그에논에 무슨 일이 있었습니까?"

김춘추가 물었다. 지그에논에 있던 퍼거슨 씨와 캘리 공녀, 루돌프가 이곳에 왔다는 것은 무언가를 피하기 위해서라고 짐작했기 때문이다.

"그것보다는 대마법사님 때문에 왔어."

캘리 공녀가 무언가 걱정되는 눈빛으로 말했다.

대마법사의 생가, 베네치 후작가에 변고가 생겼다는 것이다.

그들이 방문하던 날, 하인들 중 한 명이 대마법사를 알아보았단다. 더 정확하게는 그 하인이 리스트란 공작가에서 보낸 첩자였다.

대마법사가 그날 베네치 후작에게 곡물을 구한 뒤 사람들의 기억을 잃게 해서 자신의 존재를 감췄지만, 이미 그때는 리스트란 공작에게 통신을 보낸 뒤였다고 한다.

베네치 후작이 병이 나서 가문을 폐쇄한다고 선포를 했지만, 이미 정보를 입수한 리스트란 공작 앞에서는 무용지물이었다.

"대단한 집착이군요."

김춘추가 절로 고개를 끄덕거렸다.

"정말 그러네용. 마법사가 언제 돌아올 줄 알고 첩자를 심어 놨쩡? 어디 보장… 자그마치 50년인뎅."

아그레스가 맞장구를 쳤다.

"아버지라면 그러고도 남을 분이야."

캘리 공녀가 어두운 얼굴로 말했다.

그녀가 아는 리스트란 공작은 세상에서 가장 잔인하고 가장 무서운 사람이었다.

그것뿐이 아니다. 자신에게 작은 해코지라도 한 사람에게는 반드시 보복을 한다. 상대를 방심하게 해 놓고 무자비하게 복수하는 것이다.

퍼거슨 씨가 그들의 대화를 듣고 캘리 공녀를 걱정해 주었다.

"너도 잡히면 끝장이겠는데."

"저도 저지만 오빠가……."

캘리 공녀는 루돌프를 보면서 말을 잇지 못했다.

자신 때문에 모든 것을 박차고 나온 오빠였다. 여자인 자신 보다 오빠가 잡히면 더 끝장이었다.

"허어참, 네들 남매도 참 성격이 불같다. 그런 면에서 리스트란 공작가의 후손답군. 참지 못하고 일을 저지르는 점에서는 리스트란 공작이나 너희나."

퍼거슨 씨가 남매를 번갈아 바라보고는 한숨을 쉬었다.

김춘추 역시 고개를 끄덕였다.

리스트란 공작이란 사람을 만나 보지는 못했지만 캘리 공녀도 그 성격을 얼추 타고났기는 했다.

황제에게 사랑받지 못하고 갇혀 산다고 모든 것을 버리고 도망치는 여자.

보통 성격은 절대 아니다.

또한 동생이 일평생 괴롭게 산다고 모든 것을 버리고 기꺼이 따라와 주는 오빠.

절대 일반적이지 않다.

지구라면 모를까. 판테온의 문화에서는 여자가 적당한 나이가 되어 좋은 가문에 시집가는 것은 설령 그 여자가 불행한 결혼 생활을 한다고 해도 가문으로서는 큰 경사였다.

그로 인해서 남자 형제들이 혜택을 보는 것은 지극히 당연한 일이었다.

그런 면에서 루돌프는 확실히 달랐다. 부드러움 속 숨겨져 있는 강함이랄까?

"저는 여자도 인격이 있다고 믿습니다."

그때까지 조용히 있던 루돌프가 입을 열었다.

"아무렴 그렇겠지."

퍼거슨 씨가 고개를 끄덕였다.

그는 드래곤이다. 더구나 루돌프와 어느 정도 시간을 보내지 않았던가.

유희를 즐기는 드래곤은 주변을 관찰하는 것을 매우 좋아한다.

캘리 공녀 남매를 관찰하던 퍼거슨 씨는 점점 루돌프에게 흥미가 생겼다. 마냥 조용한 녀석인 줄 알았더니 아주 재밌었다.

판테온에 어울리지 않는 사상과 정신을 가진 녀석이다. 이런 놈이 판테온을 지배하게 되면 앞으로 판테온의 사회에는 커다란 변화가 몰아칠 것이다.

부드러움 속에 깃든 강함과 평등, 자유정신은 과거와 현재의 문화에 익숙해진 판테온 사람들에게 혁명적인 바람을 불러일으킬 터였다.

"하던 얘기나 마저 하시죠. 대마법사님은 어떻게 되신 겁니까?"

김춘추가 캘리 공녀를 재촉했다. 그 바람에 퍼거슨 씨도 상념에서 깨어났다. 그는 루돌프를 한 번 쳐다보고는 알 듯 말 듯한 미소를 지었다.

"베네치 후작이 리스트란 공작이 보낸 병사들에 의해서 끌려갔다는 소문이 났어요."

"소문?"

김춘추가 재차 물었다.

"베네치 후작이 판 곡물들이 어디에 풀렸는지는 리스트란 공작의 정보력이라면 뻔히 알죠. 대마법사님이 왜 지그에논 왕국을 돕는 건지 궁금했을 것이고. 어쨌든 그건 차후의 문제고, 일부러 소문을 풀었어요."

"비겁한 방식이군."

김춘추가 이맛살을 찡그렸다. 그리고 리스트란 공작이 일하는 방식이 어떨지 이해가 되었다.

대마법사. 현존하는 7서클의 인물. 그런 자를 함부로 건드리면 안 된다.

그러니 대놓고 후작을 잡아갔다는 말을 하지 않고 소문을 낸다.

그 소문을 듣고 대마법사가 움직이겠지.

그것을 기다린 것이다.

물론 베네치 후작을 잡아 두는 이유도 다른 이유겠지. 대마법사가 나타났다는 것을 숨겨서가 아니라.

"교활한 놈이네."

그때까지 조용히 이야기를 듣고 있던 김한기가 한마디 했다.

자세한 배경은 모르지만, 지금 나온 이야기만으로도 리스트란 공작에 대해서 평가를 할 정도는 되었다.

"이분, 누구시죠?"

갑작스런 김한기의 출현에 놀란 캘리 공녀가 물었다.

"한기 한기 김한기."

그러자 김한기가 장난치듯이 자기소개를 했다.

"한기 한기 김한기?"

캘리 공녀는 김한기를 바라보면서 읊었다.

그녀도 이제는 안다. 김춘추가 두 차원을 넘나들고 있다는 것을.

두 드래곤만큼이나 특이한 사람, 김춘추.

그녀는 김춘추와 김한기를 번갈아 보았다.

"내 일행."

"거기에서 왔어?"

"응."

"아."

캘리 공녀는 감탄사를 내뱉었다.

처음 퍼거슨 씨에게 김춘추가 다른 차원에서 왔다는 설명을 들었을 때 얼마나 신기했는지.

이번에 김춘추가 돌아오면 '거기에' 대해서 밤새 물어보리라 다짐했었다.

김춘추가 간 이후, 혹시나 그가 돌아오지 않을까 봐 매일매일 불안했었다. 그만큼 '거기에' 대한 동경이 막연하게 쌓이고 있었다.

캘리 공녀의 눈빛이 반짝반짝 빛났다.

그 모습에 막연한 불안감을 느낀 김춘추가 얼른 화제를 전환했다.

"대마법사님은 그래서 리스트란 공작에게 가신 겁니까?"

"소문을 듣고 대마법사님은 공작에게 가셨어. 그래서 우리가 온 거고."

"그렇다는 건 세 분이 여기 오시기 전에 대마법사님이 공작에게 갔다는 뜻인가요?"

"응. 아그레스 님이 네가 온 것 같다고 사라지시고 난 뒤, 소문은 그때 접했어. 리디아 공주가 알려 주었거든. 저잣거리에 백성들에게 곡물을 나눠 주러 나갔다가 들었나 봐."

"일부러 그때를 노린 거겠죠."

김춘추가 캘리 공녀의 말에 덧붙였다.

"그랬겠지. 대마법사님도 참. 네가 온 것을 알았는데 좀 기다리지."

"7서클이시잖아요."

"그렇긴 한데. 리스트란 공작을 생각하면 좀 불안해."

캘리 공녀의 얼굴에서 진심으로 대마법사를 걱정하는 모습이 엿보였다.

"왜 그렇게 마법사를 걱정하징?"

아그레스가 옆에서 툭 한마디 던졌다.

"우리 할아버지잖아. 윌리 커크. 잊었어?"

캘리 공녀의 말에 김춘추가 고개를 끄덕였다.

"아."

캘리 공녀에 대한 인식이 새로웠다.

겉보기에는 싸가지 없고 오만하고 자신만 아는 도도한 여자로 보이지만, 깊은 정이 숨겨져 있었다.

길다면 길고 짧다면 짧은 시간에 커크 상단에 대해서 정이 든 것이다. 다른 누구보다 더 강하게.

'하긴 리디아 황녀에게도 자신의 몫인 금화를 내주었지.'

김춘추는 캘리 공녀를 보면서 자신의 생각을 조금 수정하기로 했다.

"구하러 가야겠지?"

캘리 공녀가 김춘추를 보며 말했다. 하지만 그녀의 눈빛은 아그레스나 퍼거슨 씨 쪽으로 향해 있었다. 두 드래곤의 도움을 바라는 눈치였다.

김춘추가 고개를 저었다.

"대마법사님이 리스트란 공작가에 가셨다고 해서 무슨 변고가 생긴 것은 아니잖습니까? 게다가 7서클로 무장되어 있는데, 세상에서 가장 안전한 사람을 꼽으라면 대마법사님이겠죠. 리스트란 공작도 절대로 대마법사님이나 그 후손인 베네치 후작을 어떻게 하지는 못할 겁니다."

"베네치 후작을 잡아갔잖아."

"일시적인 거죠. 풀어 줄 겁니다. 대마법사님도 마찬가지고. 회유하겠죠."

"하긴."

캘리 공녀가 김이 빠진 표정으로 대답했다.

그녀도 그럴 가능성이 높다는 것은 알고 있었다.

하지만 지그에논 왕국에서 지겹게 앉아서 왕족과 귀족 간의 실랑이를 구경하는 것보다는 대마법사님을 구하러 커크 상단이 리스트란 공작가에 쳐들어가는 것이 더 스릴 있어 보였다.

그에 퍼거슨 씨를 설득해서 김춘추와 아그레스가 있는 곳까지 왔는데…….

역시나 김춘추는 그녀의 바람처럼 쉽게 넘어가지 않았다.

"그러면 대마법사님을 기다려야 해? 여기서?"

캘리 공녀가 주변을 두리번거리면서 물었다.

"아니요. 지그에논 왕국에서 기다리는 게 낫죠."

김춘추가 고개를 가로저었다.

"칫."

캘리 공녀가 입술을 삐죽 내밀었다.

커크 상단이 움직여서 리스트란 공작가에 쳐들어갈 수 없다면 이곳에 있는 편이 그녀에게 훨씬 더 좋았기 때문이다.

전설의 엘르 호수가 아닌가!

퍼거슨 씨는 팔짱을 낀 채로 그런 두 사람을 웃으면서 바라보고 있었다. 마치 인자한 아버지가 두 자식의 투덕거림을 흐뭇하게 보는 것처럼.

명색이 드래곤이 캘리 공녀의 몇 마디에 속아서 두 사람을 데리고 엘르 호수에 나타난 것은 아니다.

그녀의 속셈이 빤히 보이지만, 그게 귀엽다.

루돌프는 루돌프대로 흥미가 있고, 캘리 공녀는 캘리 공녀대로 재밌다.

"넌 표정이 뭐 그래?"

아그레스가 퍼거슨 씨의 표정을 보고 어이가 없다는 표정을 지었다.

"쟤들, 귀엽잖아."

"뭐가 귀여워."

퍼거슨 씨가 김춘추와 캘리 공녀를 가리키면서 말하자, 아그레스가 인상을 찌푸렸다.
"뭐, 나름대로 잘 어울리는구먼. 넌 웬 질투야?"
"흥, 질투는 무슨 질투."
"저놈도 사내 녀석인데, 여자 하나 붙여 줘야지 않겠어?"
"네가 웬 간섭이야? 언제부터 중매쟁이 했다고?"
아그레스가 퍼거슨 씨의 말에 시비를 걸어왔다.
"이제부터 해 보려고 하지. 우리 딸 미래도 생각해야 하고."
퍼거슨 씨는 인자한 눈빛으로 캘리 공녀를 바라보았다.
"그래서 생각한 애가 저 애야? 아니면 저 애를 위해서 김춘추를 선택한 거야?"
"전자나 후자나."
퍼거슨 씨가 어깨를 으쓱댔다.
"됐네. 흥, 행여나 수작질하면 내가 가만히 안 있어. 모르나 본데, 네 대녀는 루머스인지 뭔지 하는 나라의 황제 첩들 중 하나야."
승리에 찬 눈빛을 띤 아그레스의 말에 퍼거슨 씨가 대꾸했다.
"나도 알거든. 하나, 첫날밤을 치르지 않았으니 무효다."
"그래도 첩은 첩이야. 괜히 우리 춘추에게 분란을 일으키면 내가 가만히 안 있어."

엘르 호숫가에서 • 245

아그레스는 단단히 못을 박았다.

"수작질은 너나 하지 마라."

그런 아그레스에게 퍼거슨 씨가 한마디 했다.

"저 둘은 또 왜 저래?"

아그레스와 퍼거슨 씨가 다투는 소리를 듣고는 김한기가 김춘추에게 물어 왔다.

"그러게. 여기는 투닥거림이 끝이 없군."

김춘추가 고개를 저으면서 중얼거렸다.

처음 여정과는 다르게, 드래곤과 사람들이 붙으면서 점점 그의 옆은 소란스러워지고 있었다.

제9장

리디아를 도와라

김춘추 일행은 전부 지그에논 왕국으로 돌아왔다.

캘리 공녀는 엘르 호숫가에서 더 있고 싶어 했지만, 정령들의 안식을 방해하는 것이 미안한 김춘추는 그들을 데리고 왕국으로 되돌아오는 것을 선택했다.

"오빠!"

정원에 들어오자마자 리디아 황녀가 반가운 환성을 내면서 김춘추에게 달려왔다.

그사이, 리디아 황녀의 얼굴은 반쪽이 되어 있었다. 가뜩이나 말랐는데 더욱 말라서 얼굴만 봐도 연민이 들었다.

"잘 있었어?"

김춘추는 리디아 황녀의 얼굴을 내려다보았다.

뭉클.

안쓰럽다. 복잡 미묘한 감정들이 올라온다.

와락.

"왜 이렇게 말랐니?"

김춘추는 너무도 여린 리디아 황녀를 꼭 안아 주었다.

갑작스런 그의 태도에 황녀의 얼굴이 붉어졌다.

싫지는 않다. 아니, 오히려 바라던 바다.

하지만 그녀의 시야 안에 캘리 공녀의 쎌쭉해진 얼굴이 들어온다.

손님들 앞에서 이러면 안 되지.

자신의 감정을 드러내는 것은 황녀답지 못하다.

하지만 자신을 안은 김춘추의 팔 안, 그 팔 안에서 영원히 있고 싶은 것은 욕심일까?

"나도 왔다."

김한기가 뒷짐을 지은 채로 뒤에서 나타났다.

"아, 한기 삼촌, 오셨어요."

김한기의 말에 둘은 얼른 떨어졌다.

아쉬움이 든다. 리디아의 눈가에는 그런 눈빛이 역력하다.

다만, 김춘추는 아무런 내색을 하지 않는다.

저 사람은 단순히 날 연민으로 안아 준 걸까?

리디아 황녀는 김춘추를 한 번 올려다보았다.

하지만 그의 얼굴에서는 자신을 안아 줄 때의 그 표정을 찾아볼 수가 없다.

역시, 연민이었어.

"모두 다시 보니 반가워요."

리디아 황녀가 일행에게 환히 웃는다.

김춘추로 인해서 잠시 설레던 그 마음은 품 안에 간직한 채 지금은 황녀로서, 이들과 친한 이로서 예의를 다했다.

리디아 황녀는 시녀에게 다과를 가져오도록 명령했다. 그리고 모두 함께 황녀의 정원에 앉아 작은 다과회를 가졌다.

리디아 황녀가 일행에게 말했다.

"오늘 저녁에 파티를 열어요. 모두들 오셨으니 함께해요."

"파티라?"

캘리 공녀가 알 듯 말 듯한 미소를 짓는다.

"오홍홍, 나도 참석할래."

아그레스가 소리쳤다.

"엘프가 무슨!"

퍼거슨 씨가 옆에서 구박한다.

"엘프는 참석을 못하는군."

김한기가 옆에서 한 번 더 반복한다.

리디아를 도와라 • 251

그간 아그레스가 투덕거려서인지 그는 묘하게 퍼거슨 씨 편을 든다.

"캘리 공녀님은 참석이 가능하시겠어요?"

리디아 황녀가 조심스럽게 물어 왔다.

"황궁 속에서 꼭꼭 숨어 살았으니 날 알아볼 사람도 없어. 게다가 루머스 제국 사람들이 이런 촌구석까지 내려올 리가 없잖아? 루머스 귀족, 아니 평민들조차 이런 다 쓰러져 가는 나라에 올 일이 없지."

캘리 공녀는 거침없이 말했다.

그녀의 말은 틀린 것이 하나도 없었다. 하지만 듣는 리디아 황녀의 마음을 상당히 불편하게 했다.

"그, 그렇죠."

리디아 황녀가 애써 웃음 지으며 동의했다.

지그에논 제국의 몰락을 다시 한 번 뼈저리게 느끼는 순간이었다.

"너무 기분 나쁘게 듣지 마. 공녀 성격이 저래."

김춘추가 옆에서 리디아 황녀를 다독거렸다. 그러자 리디아 황녀의 얼굴이 재차 붉어진다.

"아."

"흥, 누가 들으면 내가 나쁜 애 같네."

캘리 공녀가 쏘아붙였다.

"우리 딸이 좀 거침없지."

대녀 바보 퍼거슨 씨가 캘리 공녀를 두둔하고 나섰다.

"칫, 저런 말버릇은 고치지 않으면 큰 문제가 날 거라고."

아그레스가 웬일로 리디아 황녀 편을 들고 나서면서 캘리 공녀를 공격했다.

"뭐라고? 사람들이 너무 가식이야. 우리 딸 말이 하나도 틀린 게 없잖아? 그런데 왜 듣는 상대방이 기분 나빠하지? 그것도 문제지."

아그레스의 말에 퍼거슨 씨가 벌컥 화를 냈다.

"듣는 이를 배려해서 적당히 예의 바르게 말하는 법도 익혀야지. 네 대녀가 애초에 공녀라든지 황제의 첩이라든지 그런 지위에 있지 않았으면 저런 말투로 떠벌렸다가는 벌써 죽임을 당했을 텐데."

아그레스가 거침없이 말을 이었다.

사실 그녀는 진심으로 리디아 황녀를 좋아해서 편을 든 것은 아니고, 단순히 퍼거슨 씨를 도발하기 위해서였다.

"뭐라? 여기서 황제의 첩은 왜 나와?"

퍼거슨 씨가 재차 화를 내었다.

황제의 첩.

그것은 캘리 공녀의 아킬레스건이었다.

그 소리가 나오자 캘리 공녀의 얼굴은 시뻘겋게 달아올랐다. 첩이란 단어 자체가 주는 느낌, 자신이 마치 황제의 노리개같이 느껴진 것이다.

리디아를 도와라 • 253

그녀의 손이 부들부들 떨렸다.

탁.

그때, 김춘추가 박수를 쳤다.

"그만하세요."

"……."

"……."

순식간에 정원이 조용해졌다.

그사이에 리디아 황녀는 자신의 옆에 앉아 있던 캘리 공녀의 손을 잡아 주었다. 그런 그녀의 손이 싫지는 않은지 캘리 공녀도 그냥 가만히 있었다.

그 광경을 본 퍼거슨 씨와 아그레스도 입을 다물었다.

"대충 분위기는 무르익은 것 같네요. 다들 이렇게까지 지그에논 제국에 대해서 관심이 있는 줄 몰랐네요. 이참에 그간 일어난 일들에 대해서 황녀의 이야기를 들어 보죠."

말과 함께 김춘추는 리디아 황녀에게 눈길을 주었다.

사실 그는 황녀의 일에 간섭하지 않으려고 했다. 애초에 그렇게 마음먹었다. 하지만 그녀의 야윈 얼굴을 보니 연민이 솟구쳤다.

생각해 보니 이제 겨우 17살.

황태자도 아직 회복을 못하고 있고, 황제는 원체 사람만 좋았지 야무진 면이 없었다.

저 여린 소녀가 능구렁이보다도 더한 귀족들을 상대로 싸움을 하고 있었으니 얼마나 힘들까.

더구나 평소라면 인간의 일에 간섭을 하지 않는 두 드래곤이 별거 아닌 일에 끼어들었다. 그 책임을 물어 뭔가를 짐 지우는 것도 좋으리라.

김춘추는 퍼거슨 씨와 아그레스를 보면서 씨익 웃었다.

"두 분이 이렇게까지 리디아 황녀와 캘리 공녀에게 관심이 있는 줄은 몰랐습니다."

"어."

"아."

김춘추의 말에 두 드래곤은 허망하게 웃는다.

그의 뜻을 모를 드래곤들이 아니다.

"곡물과 함께 영주의 땅을 사들여 다시 임대해 주는 일은 몇몇 귀족들을 빼고는 순조롭게 진행되었습니다."

리디아 황녀는 애써 좋은 점을 부각시키려고 애를 썼다.

"몇몇 귀족이 문제라는 거군."

김춘추가 그 부분을 짚었다.

"네."

리디아 황녀가 고개를 살짝 떨어뜨렸다.

"나라의 부끄러운 점을 말하는 것은 황녀에게 쉽지 않을 거라고 생각해. 하지만 지금 이곳에 있는 존재들은 평범하지 않아. 그리고 그 누구보다 그런 점에서는 믿을 만하지. 그러니 기탄없이 말해."

김춘추가 황녀를 다독거렸다.

"고마워요, 오빠. 웬만하면 저희 황가에서 해결해야 하는데 쉽지 않은 게 사실이에요. 솔직히 말씀드릴게요."

리디아 황녀가 상황을 설명하기 시작했다.

지그에논 제국.

루머스 제국 같은 곳에서는 지그에논 왕국으로 부른다. 그러나 이곳 귀족들이나 백성들은 지그에논 제국으로 부른다. 그 이유는 딱 한 가지. 아직 2개의 공국을 거느리고 있기 때문이었다.

하지만 말이 공국이지, 이미 10여 년 전에 공왕들이 바뀐 두 나라는 그 이후 지그에논 제국에게 공물을 바치지 않는다. 그것을 제재할 힘조차 없는 것이 지그에논 제국의 현실이었다.

그들이 지그에논 제국의 속국으로 명분상이나마 남아 있는 이유는 순전히 선대 공왕들 때문이었다.

적어도 선대 공왕들까지는 지그에논 제국에 대한 충성심이 대단했다. 선대 공왕들의 심기를 거스르지 않기 위해서 아직도 명분상 공국으로 남아 있을 뿐이었다.

그들은 몰락한 지그에논 제국이 아닌 파이온 제국에 더욱 충성을 하고 있었다.

그런데 이들만 탓할 게 아니었다.

적은 외부가 아닌 내부에 있었다.

지그에논 제국의 귀족들. 그중 몇몇은 파이온 제국에 몰래 첩자를 보내고 있었다.

 심지어 근 4년간의 가뭄 동안, 이들 귀족 수는 늘어났고, 파이온 제국에서도 이들에게만은 몰래 곡물을 보내 주었다.

 파이온 제국이 왜 이렇게까지 할까? 호시탐탐, 지그에논 제국을 노리고 있기 때문이다.

 한때는 판테온 대륙의 심장이었던 지그에논 제국의 영광을 자신들이 갖기 위해서였다.

 군대를 동원한다면, 단순히 병력만으로는 지그에논 제국은 파이온 제국에 게임조차 되지 않는다.

 그런데 파이온 제국은 군대를 보낼 수가 없다. 그 이유는 파이온 제국의 국경과 지그에논 제국의 국경 사이에 코러스 산이 온전하게 막혀 있는 탓이었다.

 파이온 제국의 속국인 군트림 왕국을 통해서 지그에논 제국으로 가는 길? 그보다는 베르너 왕국을 거쳐서 가는 편이 빠르다.

 군트림 왕국에서 지그에논 제국으로 가려면 베르너 왕국을 반드시 거쳐야 하는 문제점이 있다. 아니면 더 돌아가던가.

 베르너 왕국, 루머스 제국의 속국이다.

 판테온 대륙은 지금 북쪽과 맞닿아 있는 우르비노 제국

리디아를 도와라 • 257

과 중심부에 있는 루머스 제국, 파이온 제국이 각축전을 벌이고 있었다.

이 중 우르비노 제국은 지역적인 위치 때문인지 사이온 평야의 5분의 4를 지배하고 있는 루머스 제국을 견제할 뿐이지, 그 외에는 남하 정책을 펼치고 있지는 않다.

문제는 루머스 제국과 파이온 제국의 치열한 접전이다.

파이온 제국의 힘이 부강해지기 전에 루머스 제국은 일찌감치 베르너 왕국을 속국으로 삼았고, 베르너 왕국을 뺏긴 파이온 제국은 그 손실이 얼마나 큰지 후에 알게 되었다.

리스트란 공작이 먼 앞날을 내다보고, 루머스 제국과는 다소 떨어진 베르너 왕국에 투자를 한 것이다.

결론은 파이온 제국이 지그에논 제국을 직접적으로 먹을 방법이 없다는 뜻이었다.

군대를 파견한다는 방법은 아예 먹히지가 않는다. 루머스 제국이 가만있지 않을 테니.

지그에논 제국을 좋아하지는 않지만, 그렇다고 파이온 제국 밑으로 들어가서도 안 될 일이었다.

파이온 제국의 힘이 커진다면 루머스 제국에게 큰 위협이 되고 만다. 지금보다도 더.

더구나 지그에논 제국과 베르너 왕국 사이에는 코러스 산이 있다.

코러스 산의 전설, 그 희귀함과 영험함 등.

지그에논 제국을 뺏긴다면 코러스 산도 넘어가는 것이며 베르너 왕국도 순차적으로 위험하다. 첩첩산중으로 파이온 제국의 손길에 둘러싸이게 되니까.

그래서 선택한 것이 자중지란이었다.

지그에논 제국이 자멸할 수 있도록 파이온 제국은 첩자를 파견하여 적당히 도와주었다.

더구나 근 4년은 가뭄으로 인해서 그 기회가 더욱 커졌다.

루머스 제국이 먼 곳에 떨어진 지그에논 제국의 일을 알 리는 없었다. 은밀하게 이루어진 데다, 그렇다고 지그에논 제국이 루머스 제국의 속국도 아니었기에 안다고 해도 증거가 없는 일로 인해서 도움을 요청할 수도 없었다.

"휴우, 귀족들 중 영지에 식량이 풍부한 이들은 황가에 협조하고 있지 않아요."

리디아 황녀가 한숨을 쉬면서 긴 이야기를 매듭지었다.

김춘추와 일행은 아무런 말도 없이 고개를 끄덕이며 차를 기울였다.

다들 이 상황을 어떻게 타개해야 할지 생각하는 눈치였다. 두 드래곤만 빼고.

퍼거슨 씨와 아그레스는 리디아 황녀가 건네준 찻잔을 연신 홀짝이며 감탄하고 있었다.

"이거 진짜 맛있네."

"그렇지?"

두 드래곤이 찻물을 한 번 바라보고 다시 한 번 홀짝이는 모습에 리디아 황녀가 빙그레 미소 지으면서 말했다.

"오빠가 엘르 호수에서 캐낸 약초들로 만들어 봤어요."

"아, 역시."

아그레스가 감탄했다.

"인간들은 이런 재주가 있군."

"뭘 잘 만들어."

퍼거슨 씨가 동의하고 나섰다.

"이런 차를 리디아가 듬뿍 만들어 줄 겁니다. 그러니 두 분도 도우시죠. 아까 보니 리디아 황녀에게 관심도 많아 보이셨는데, 마침 잘됐네요."

김춘추가 씨익 웃으며 두 드래곤에게 말했다.

◈ ◈ ◈

"우리가 도울 일이 있소홍?"

아그레스가 미소를 가득 띤 채 물었다.

원래대로라면 아무리 김춘추가 애원을 한다 해도 리디아 황녀를 돕지 않을 것이다. 아니, 돕는다는 개념조차 없었다.

그런데 좀 전에 캘리 공녀를 신랄하게 비판했던 일과 리디아 황녀가 끓여 준 찻물이 너무도 맛있었다.

딱 그 두 가지 일로 인해서 아그레스는 지그에논 제국을 도울 마음이 생겼다.

"그냥 가서 확, 목덜미를 뜯으면 되지 않아?"

퍼거슨 씨가 덤덤하게 말했다.

"그러면 되죠."

김춘추가 웃는다.

"그건 안 어렵네. 인간들 정치가 워낙 복잡해서."

자신의 말에 동의하는 김춘추를 보면서 퍼거슨 씨가 고개를 끄덕였다.

"유희는 포기하시는 거죠?"

김춘추의 물음에 퍼거슨 씨가 대답했다.

"유희? 아, 아니지. 그냥 원래 모습으로 돌아가서 확!"

"제국이 아예 다 타 버릴 것 같은데요."

그의 말을 김춘추가 지적했다.

지금 지그에논 제국은 과거에 비해 영토가 많이 줄었다. 두 드래곤이 한 번 움직이면 아예 제국 자체가 초토화될 게 뻔했다. 몇몇 귀족들을 위협하려다가 나라를 망치게 되는 것이다.

"조금 사이즈를 줄이지, 뭐."

퍼거슨 씨가 아쉽다는 듯이 입맛을 다셨다.

"두 드래곤께서 지그에논 제국의 수호를 해 주시는 겁니까?"

"그, 그게……."

퍼거슨 씨가 그제야 김춘추의 말뜻을 이해하고는 당황해했다.

판테온 대륙, 드래곤들 사이의 암묵적인 규칙.

1대륙년을 지나 2대륙년을 거쳐 3대륙년이 되면서, 인간들의 전쟁에 드래곤들이 끼어서 그 피해가 얼마나 컸는지 똑똑하게 증명되었다.

그런 까닭에 드래곤들은 인간사에 직접적으로 끼어들지 않기로 했다. 이를 어길 시에는 로드 드래곤들의 회의에서 정한 벌칙을 받아야 했다.

물론 폴리모프해서 유희를 즐기는 드래곤들은 자신들의 정체를 들키지 않는 범위 내에서는 적당히 도와주어도 무방하다.

단, 능력도 폴리모프한 존재가 가질 듯한 한계선에서 말이다.

바하트 계곡 같은 곳에서 몬스터들을 때려잡으려고 드래곤의 모습을 드러내는 것은 괜찮다. 하지만 인간들의 전쟁이나 정치에 관련해서 모습을 드러내는 것은 절대 안 되는 일이었다.

"제길, 방법이 없네."

퍼거슨 씨가 허망한 표정을 짓는 사이, 김춘추는 주변을 보면서 중얼거렸다.

"첩자를 찾아야죠."
"첩자. 그렇군."
퍼거슨 씨가 이해된다는 듯이 고개를 끄덕였다.
"파이온 제국의 첩자만 잡아내면 되죵?"
아그레스가 몸을 비비 꼬면서 끼어들었다.
"아버지, 말은 쉬운데 어떻게 첩자를 찾아내요?"
캘리 공녀가 퍼거슨 씨에게 물었지만, 대답은 김춘추가 대신했다.
"마침 오늘 파티가 열리니 찾아내야죠."
"첩자가 올까요?"
"파이온 제국에 충성을 서약한 귀족들이 있으니 오겠죠. 아니, 그 귀족들 사이에 있을 겁니다."
조용히 이야기를 듣고 있던 루돌프가 물었다.
"왜요?"
"지그에논 제국의 귀족들이 파이온 제국으로 넘어간 게 어제오늘 일은 아닙니다. 대충 그간 상황을 정리하면 최소 10여 년도 더 된 일입니다. 이렇게 오래 진행된 이유는 그나마 지그에논 제국 귀족들의 충성심이 높아서겠죠. 뭐, 다른 이유로는 굳이 파이온 제국이나 지그에논 제국의 간섭을 받으면서 살 필요가 없어서겠고요."
"아, 코러스 산이 막아 주고 베르너 왕국이 루머스 제국의 배경으로 있으니 굳이 황제들의 통치를 받을 이유가 없다, 이건가요?"

루돌프가 김춘추의 말뜻을 헤아리고 말했다.

"그렇습니다. 지금처럼 지그에논 제국 황실의 힘이 약할 때 자신들의 영지에서 잘 먹고 잘살면 그만이라는 귀족들도 있겠죠. 하지만 그런 귀족들은 이번 4년 가뭄 동안 애를 먹었을 겁니다."

"일부는 파이온 제국의 첩자에게 넘어갔을 거고."

캘리 공녀가 재빨리 끼어들었다.

"대부분은 리디아 황녀가 일을 잘 해결한 것 같군."

김춘추가 리디아 황녀 쪽을 돌아보면서 말했다.

"그들로서도 다른 나라보다는 본국의 통치를 받는 게 더 낫겠지. 황실의 힘이 다시 강해진다면 없던 충성심도 생겨날 테고."

캘리 공녀의 말이었다.

"맞는 말이지. 그간 지들만 잘 먹고 잘살던 귀족들은 이제 자신들의 영주에 거주하는 백성들의 안위를 위해서 살아야 할 거야. 리디아 황녀가 가만두지 않을 테니까."

그 말에 맞장구를 친 김춘추는 다시 리디아 황녀를 보았다. 그러자 리디아 황녀가 고개를 끄덕이며 말했다.

"지구에 넘어가서 느낀 점이 많아요. 제가 갔던 곳은 신분제도가 없었어요."

"정말 그런 나라도 있습니까?"

루돌프의 눈빛이 번쩍였다. 그가 꿈꾸던 이상 국가였다.

"다 그런 것은 아니에요. 영국이라는 나라는 우리처럼 신분제도가 있었어요. 하지만 국민들에게 주권이라는 게 있었어요."

"주권?"

"주권?"

캘리 공녀와 루돌프가 동시에 소리쳤다.

"국가의 의사를 최종적으로 결정할 권리예요."

"맙소사."

루돌프가 벌떡 일어나면서 탄성을 내질렀다.

자신이 꿈꾸어 온 나라, 그런 나라가 현존하는 곳이 있다니.

"대신 금력이 보이지 않는 신분제를 만들고 있었어요."

리디아 황녀가 안타깝다는 듯이 말했다.

풀석.

루돌프가 자리에 앉으며 중얼거렸다.

"그래도 그런 곳에 한 번 다녀오고 싶습니다."

"그래서 어쩌라고!"

그때, 김한기가 버럭 소리를 질렀다. 이야기가 점점 삼천포로 흘러가고 있었기 때문이다.

"아, 죄송해요."

리디아 황녀의 불이 붉게 물들었다.

"아니야. 지금 지그에논 제국 귀족들 상황을 전부 알아야 하는 것은 맞으니까. 일단 영지를 넘기고 임대받는 귀족들은 앞으로 그들이 하는 성과 등을 보면서 다시 얘기하기로 하고. 당장 중요한 것이 파이온 제국에 몰래 충성 서약을 한 귀족들이야. 그리고 그들 중 파이온 제국의 첩자가 있을 것이고."

김춘추가 얼른 상황을 정리했다.

"영지를 건네주지 않고 버티는 귀족들이 대부분 파이온 제국에 충성 서약을 한 것은 아닐까?"

캘리 공녀의 추측성 발언에 김춘추가 고개를 저었다.

"꼭 그렇지도 않을 겁니다. 그간 세금이 제대로 걷히지 않았다는 점에 주목한다면. 쌓아 놓은 재물로 4년을 버틴 귀족들도 있으니까요."

"오히려 영지를 내준 이들 중에 있을 수도 있고요."

리디아 황녀가 말했다.

"눈속임이겠지."

"휴우, 이들 중 누구를 솎아 내고 누구를 잡아들여야 할지 전혀 감이 안 와요. 이 사람이다 싶다가도 아닌 것 같고, 무례하게 군다고 해서 반드시 다른 나라에 충성을 맹세했다고 볼 수도 없고. 생명은 소중한 것이니 함부로 조국의 배신자라고 단정할 수도 없구요."

그렇게 말하는 리디아 황녀의 얼굴은 그늘로 가득했다.

그간 마음고생이 얼마나 심했는지 짐작할 수가 있었다.

"열 길 물속은 알아도 한 길 사람 속은 모른다지."

김춘추가 딱 잘라 말했다. 리디아 황녀가 그런 김춘추를 보면서 물었다.

"방법이 있어요?"

일일이 모든 귀족들을 다그칠 수도, 그들의 영지를 급습해 조사할 여력도 지그에논 황실에는 없었다.

"있지. 있고말고."

김춘추가 웃으면서 말했다. 그의 시선은 아그레스에게 가 있었다.

"어머나, 나? 오홍홍."

아그레스가 기분 좋게 웃는다.

"그 특. 별. 한 능력이 있지 않습니까?"

"잊고 있는 줄 알았넹."

기분이 좋은지 그녀는 몸을 비비 꼬았다.

"쳇."

퍼거슨 씨가 투덜댔다.

모처럼 대녀 앞에서 자신이 주목 받을 수 있는 기회를 아그레스가 가로챘기 때문이다.

"각자 할 일이 있습니다. 그러니 상심하지 마세요."

김춘추가 그런 퍼거슨 씨에게 위로를 건넸다.

"첩자는 반드시 파티장에 나타날 겁니다. 오랫동안 공들여 온 일이 황녀에 의해서 최근 무산되고 있으니 그도 몸이 달았을 겁니다. 리디아 황녀가 처음 모습을 드러내는 자리인 만큼 기회를 보고 있겠죠."

그는 나지막이 일행에게 말했다.

◆ ◆ ◆

그날 밤, 지그에논 제국 황실이 주최하는 파티가 열렸다.

대의명분은 리디아 황녀가 4년간의 요양을 끝내고 돌아온 것을 축하하는 자리였다.

예전보다 더욱 병약한 모습이었지만, 그 모습만으로도 그녀는 그동안 상당히 아팠던 것처럼 보였다. 그 덕에 귀족들의 의심을 사지 않을 수 있었다.

오랜만에 열리는 파티 탓인지, 아니면 황실에서 곡물을 사서 각 영지에 푼 까닭인지 대부분의 귀족들은 앞 다투어 파티에 참석했다. 자신이 참석하기 어려운 귀족들은 자녀들이라도 참석시켰다.

테토도르 황제와 케트린 황비가 입장하고, 오늘의 주인공 리디아 황녀가 파티에 그 모습을 드러냈다.

"하아."

"아아."

순간 파티장 안은 감탄사로 출렁거렸다.

예전에도 아름다웠지만, 4년 사이에 더욱 성숙해지고 아름다워진 리디아 황녀였다. 가냘프고 여린 몸매는 사람들의 보호 본능을 불러일으켰다.

모두가 감탄하고 있을 때 김춘추는 그 모습을 덤덤하게 바라보았다. 익히 그녀의 아름다움을 알고 있었기 때문이다.

"여기서는 쟤가 너보다 누나인데."

김한기가 생각났다는 듯이 김춘추에게 속삭였다.

"그렇지."

"너한테 오빠라고 하잖아."

"지구에서 그랬으니."

"좀 말이 안 되지 않아?"

"안 되고 말고가 어딨어? 쟤는 아직 17살인데."

"여기서는 21살인데."

"4년의 공백이 있잖아."

김춘추는 대수롭지 않게 말했다.

"공백이고 뭐고 간에, 쟤는 엄밀하게 말하면 여기서는 21살이야. 잘 봐. 지구에 있을 때와는 다르게 몸매가 성숙해졌지 않아?"

김한기가 리디아 황녀가 서 있는 쪽을 가리키며 말했고, 김춘추는 그제야 황녀의 모습이 예전 같지 않게 성숙해져 있음을 깨달았다.

"왜 그러지?"

"4년간의 공백이 있다고 해도, 이곳에 정착한 이상 빠른 속도로 몸이 알아서 그 공백을 메우는 게 아닐까?"

"황녀에게는 손해잖아?"

"그건 자신이 선택한 모험의 대가지."

김한기는 일말의 동정할 가치도 없다는 듯이 단호하게 내뱉었다.

"그렇긴 한데."

김춘추는 리디아 황녀가 있는 쪽을 다시 바라보았다.

김한기의 말을 들어서인지, 앳된 소녀의 모습이 사라진 것이 확실히 시야에 들어왔다.

볼록해진 가슴과 잘록한 허리 등, 어느새 성숙한 여인네의 향기를 풍기고 있었다.

김춘추는 그제야 파티에 참석한 이들이 왜 리디아 황녀의 모습에 감탄했는지 이해가 되었다.

"쟤 예쁘지?"

어느새 두 사람 사이에 다가온 캘리 공녀가 물었다.

"괜찮습니까?"

김춘추가 그런 캘리 공녀의 얼굴을 빤히 보면서 물었다.

"괜찮아."

캘리 공녀는 대답했다.

드래곤의 마법으로 바꾼 얼굴이다.

물론 예쁘다. 기존 그녀의 얼굴과는 다르지만, 또 다른 느낌의 아름다움이 있다.

원래 한 성깔 해서 그런지, 기존에는 날카로움과 도전적인 느낌이 들었다. 하지만 지금 바뀐 얼굴은 한없이 부드럽다.

게다가 한 손에는 쟁반을 들고 허리에는 에이프런을 두르고 있다.

"감사합니다."

김춘추가 진심으로 캘리 공녀에게 인사를 건넸다.

제국, 공작가의 여식이자 황제의 여자가 이런 작은 나라에서 시녀 노릇을 한다는 것은 쉬운 일이 아니다. 그럼에도 캘리 공녀는 선뜻 그 일을 자청했고, 그 덕에 아그레스의 일도 쉬웠다.

"아잉."

아니나 다를까, 찡찡대는 소리가 들렸다.

아그레스였다.

일행에게 다가오는 그녀는 엘프가 아닌 평범한 인간 여자의 모습으로 바뀌어 있었다.

한데, 아그레스는 이 모습이 마음에 들지 않는 모양이었다. 그러나 도와주겠다고 이미 큰 소리를 친 이상, 퍼거슨 씨의 코를 납작하게 만들기 위해서도 이 일을 해야 했다.

"예쁜데요."

김춘추가 달래듯이 말하자 아그레스가 반색하며 물었다.
"정말 그래용?"
"아주 예뻐요. 그러니 잘 부탁합니다."
"걱정 말아용. 벌써 한 건 했징."
아그레스가 어깨를 으쓱대면서 말했다.
이들의 작전은 이렇다.
아그레스는 인간들 마음의 소리를 듣는다.

물론 작정하고 나서야 듣는 거지만, 그래도 그런 능력이 있는 게 어딘가.

시녀로 분한 아그레스가 파티장을 돌아다니면서 귀족들이 자신도 모르게 중얼거리는 소리를 듣고 첩자를 찾아내기로 한 것이다.

그와 더불어 파이온 제국에 서약을 이미 했을 법한 귀족들도 골라낼 수가 있었다.

귀족들이라고 해도 자신의 마음속까지 숨길 도리는 없다. 아그레스가 지목한 귀족을 대기하고 있는 퍼거슨 씨나 김춘추 등에게 알려 주면, 일행이 그 귀족의 신분 등을 알아내어 명부를 작성하는 것이다.

물론 황실의 기사 등을 이용할 수 있다면 그런 번거로운 일들을 피할 수가 있다.

하지만 그들도 믿을 수가 없었다. 기사들도 본시 귀족가의 자제들이니까 말이다.

명단을 쥐게 되는 것은 리디아 황녀에게 아주 큰 도움이 된다.

이들이 어떻게 될지는 앞으로 황녀와 황실의 역량이다.

-파이온의 첩자는 아직 안 느껴지십니까?

김춘추가 아그레스에게 텔레파시로 묻자, 아그레스가 고개를 끄덕이며 말했다.

-귀족들 중에는 없는 것 같은뎅.

-분명 오늘 이곳 어딘가에 나타나 있을 겁니다.

-나도 잘 찾아볼겡.

-계속 부탁드립니다.

아그레스에게 당부를 하고는 김춘추는 다시 리디아 쪽을 바라보았다.

순간 두 사람의 눈이 마주쳤다.

리디아 황녀가 방긋거리며 웃는다. 그 모습을 본 김춘추의 입가에도 옅은 미소가 번졌다.

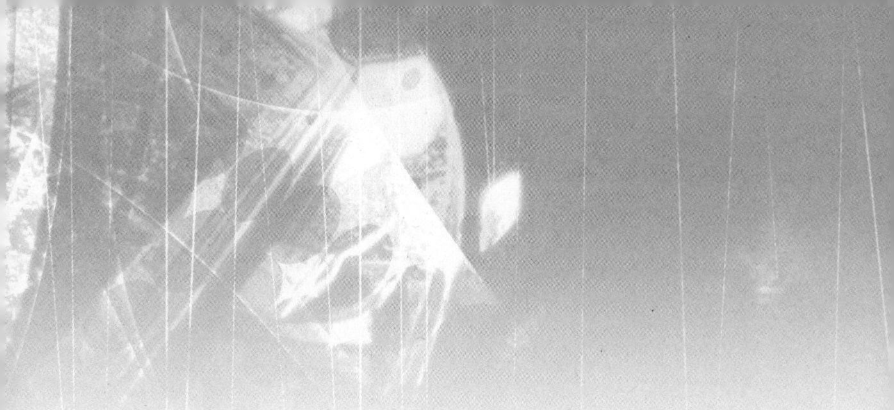

제10장

소용돌이 속으로

김춘추는 파티장을 빠져나와 황실 전용 정원을 산책했다.

정원에는 이미 손님들이 있었는데, 귀족가의 자식들인 게 분명한 두 남녀가 사랑의 밀어를 속삭이는 모습이 보였다.

'좋을 때로군.'

김춘추는 그곳을 피해 좀 더 안쪽으로 들어섰다.

화려하지는 않지만 잘 가꾸어진 정원은 정원을 꾸미고 노력한 자의 정성이 돋보였다.

'케트린 황비가 리디아 황녀를 생각하면서 정원을 손질했다고 들었는데.'

김춘추는 자식을 생각하는 황비의 마음이 이해될 것 같았다.

그는 그곳에서 가부좌를 틀었다. 움직이며 첩자를 찾는 것보다 차라리 제3의 눈을 활용한 방식이 더 편리할 것 같았기 때문이다.

김춘추의 두 눈이 조용히 감겼다.

번쩍.

그러자 그의 미간 사이에 있던 제3의 눈이 떠졌다. 물론 보통 사람들의 눈에는 보이지 않는다.

'어디 있지?'

김춘추는 제3의 눈을 이용하여 자신의 주변에서부터 점점 영역을 확대해 나갔다.

그렇게 사랑의 밀어를 속삭이던 젊은 남녀를 막 지나치려던 참이었다.

"백작은 좀 어때?"

"여전히 차도가 없어."

남자의 물음에 여자가 농염한 미소를 지으면서 대답했다. 그녀의 몸은 지금 한껏 달아올라 있었다.

"호호, 애타겠군."

남자가 말했다.

이 정도의 대화라면 그다지 수상한 것이 없다. 젊은 남녀 사이에서 흔하게 나눌 수 있는 내용이었다.

하지만 김춘추는 어딘가 이상하다는 느낌을 받았다.

남자도 그렇고, 아버지가 아픈데 이런 데서 남자와 사랑

놀음을 하는 여자도 수상했다.

'저 젊은이가 누구지?'

오늘 참석하는 자들의 명단과 인상착의에 대해서는 리디아 황녀에게 전부 들었다. 그렇다고 해서 사진을 본 것도 아닌지라 그 자제들까지 전부 아는 것은 아니었다.

그에 김춘추는 다소 민망하지만 남녀의 대화를 유심히 듣기 시작했다.

"날 갖는 걸로도 부족해?"

여자가 남자의 귀에 대고 속삭인다.

남자의 손이 여자의 드레스 자락을 거칠게 걷고는 그 안으로 움직인다.

이미 익숙한 손길인 듯, 그러나 여자는 달아오를 대로 달아오른 것 같다.

남자가 말했다.

"그 이상을 원해."

"날 갖게 되면 우리 안데센 백작가를 갖는 것과 마찬가지야."

여자가 속삭였다.

그녀는 한시라도 남자가 빨리 일을 마무리하기를 바랐다. 하지만 남자는 그럴 마음이 없는지 뜸을 들이고 있었다.

남자가 말을 이었다.

"백작가의 후계자가 된 것이 누구 덕분이란 걸 잊은 건 아니지?"

"아아, 당연하지."

와락.

여자가 남자의 목덜미를 감쌌다. 그러나 남자는 요지부동이었다.

"이번 일은 실패해서는 안 돼."

"알았어. 우리 백작가는 황실의 신용을 받고 있다는 걸 알지?"

"그래. 그 황녀를 없애지 않으면 우리의 모든 계획은 무용지물이 되고 말거야."

"나도 알아. 자기가 얼마나 공들였는지. 파이온 제국에서는 날 잊지 않겠지?"

여자도 남자가 대화를 마무리하기 전에는 일을 치를 마음이 없다는 것을 깨달았는지, 남자의 대화에 적극적으로 참여하기 시작했다.

"걱정 마. 황녀만 제거되면 너는 이 나라에서 가장 고귀한 여인이 될 거야."

그렇게 말하면서 남자가 여자의 치마 속에 들어가 있는 자신의 손가락을 요란하게 움직였다.

"어멋!"

여자는 다시 한 번 불타올랐다.

"그때까지만 참아."

남자가 속삭였다.

"알았어. 황녀 따위에게 숙이고 싶지는 않지만, 우리의 미래를 위해서."

여자가 간드러진 목소리로 속삭였다. 동시에 남자의 몸이 여자의 위로 덮어져 왔다.

더 이상은 볼 것도 들을 것도 없었다. 정원 구석에서는 두 남녀의 교성만 들려올 뿐이었다.

'흠, 이 방식을 택했군.'

두 남녀의 대화로, 김춘추는 남자가 파이온 제국의 첩자라는 사실을 알아냈다. 그리고 여자가 안데센 백작가의 유일한 후계자, 케이트 공녀인 것도 알 수 있었다.

몇 년 사이에 그녀의 남자 형제들이 전부 죽었다. 큰 오빠는 사냥을 나갔다가 몬스터에 당했다고 들었다. 둘째 오빠는 병으로 죽었단다.

그런데 오늘 대화를 들어 보니 그건 겉보기에 불과했다. 아무래도 접근하기 쉬운 상대를 고르다 보니 안데센 백작가의 공녀가 선택된 것 같았다.

지그에논 제국 귀족들 중에서 안데센 백작가는 충신으로 이름 높았다. 황실에서 믿을 수 있는 몇 안 되는 귀족들이었다. 따라서 안데센 백작 본인을 설득하는 것은 어려웠을 터였다.

최근 안데센 백작이 병으로 누웠다고 들었다. 4년의 가뭄으로 제대로 먹지 못하는 영주민들을 생각해서 자신도 제대로 먹지 않았다고 들었다.

'부모는 훌륭한데 자식이 문제군.'

김춘추는 혀를 찼다.

남자에게 넘어가서 아버지는 물론 남자 형제들까지 전부 넘긴 공녀가 한심스러웠다.

김춘추는 황급히 리디아를 찾았다.

리디아는 수많은 청년들 사이에 섞여 있었다. 물론 아그레스가 쟁반을 들고 그 사이를 열심히 나르면서 청년들을 감시해 주었다.

-잠시, 나 좀 봐.

김춘추는 텔레파시를 리디아에게 보냈다. 그러자 리디아가 고개를 끄덕이며 마주 텔레파시를 보냈다.

-발코니에서 봐요.

두 사람은 곧 발코니에서 만났다.

김춘추는 자신이 들은, 정원 속의 두 남녀 이야기를 해주었다.

"그럴 수가."

리디아의 얼굴이 급격히 어두워졌다.

"그 남자가 누군지 알겠어?"

"데몬 자작가의 삼남인 오렌일 거예요. 저도 케이트가 몇 번 그 남자 이야기를 하는 것을 듣기는 했어요."

"흠, 케이트가 그 백작가의 여식인가 보지?"

"맞아요. 저를 도와주고 있어요."

리디아 황녀가 우울한 목소리로 대답했다.

케이트 안데센은 최근 백작의 충성심을 높이 인정받아 황실의 시녀장으로 황궁에 들어와 있었다.

"거사가 늦은 것이 다행이군."

그 사실을 전해 들은 김춘추는 오히려 안도의 한숨을 내쉬어야 할 지경이었다.

케이트가 이미 황실의 시녀장이라면 언제든지 기회를 엿보아 리디아 황녀를 독살시킬 수가 있기 때문이다. 그녀의 둘째 오빠를 독살시킨 것처럼. 남들이 보면 병으로 죽은 것으로 알겠지.

'혹시.'

김춘추는 리디아 황녀를 바라보았다.

그녀는 예전보다 부쩍 야위어 있다.

단순히 일이 많아서 그럴 것이라고 생각했다. 그런데 이제 보니 꼭 그렇지만도 않다는 생각이 들었다.

사람이 병으로 죽기 위해서는 그 전조가 오랫동안 지속되는 것이 남들의 눈길을 피하는 가장 좋은 방법이었다.

"잠시만."

김춘추는 리디아의 손목을 낚아챘다.

"어머."

리디아는 살짝 놀란 눈치였지만 손을 빼지는 않았다.

김춘추는 그런 그녀의 반응은 아랑곳하지 않고 손목을 붙잡고 그녀의 몸속을 관조해 보았다.

확실히 무언가가 어지럽다. 밸런스가 맞지 않다.

파이온 제국이라면 틀림없이 모두의 눈을 속일 만한 독약쯤은 가지고 있을 것이다.

그것을 첩자에게 내려 주고, 그 첩자는 최근 케이트 공녀를 황궁에 집어넣어 황녀에게 접근시킨 거겠지.

김춘추는 아랫입술을 깨물었다. 만약 두 남녀의 대화를 듣지 못했더라면 리디아가 독약에 당했다는 것조차 깨닫지 못했을 것이다.

자신의 실수다.

와락.

김춘추는 리디아 황녀를 안았다. 그리고 자신의 입술을 그녀의 입술 위로 가져갔다.

갑작스런 김춘추의 행동에 리디아 황녀는 멍한 표정을 지었다.

싫지는 않다. 오히려 기다리던 순간이기도 했다.

게다가 입술뿐만이 아니다. 김춘추는 리디아 황녀의 입술 안으로 자신의 혀를 집어넣은 후, 무언가를 갈구하는 것처럼 끊임없이 움직여 댔다. 그 바람에 정신이 아찔해진 리디아 황녀였다.

어떻게 반응을 해야 할지 몰라 그저 그가 하는 대로 내버려 두었다.

거칠다.

김춘추가 갑자기 왜 이러는지 그 이유를 모르는 황녀로서는 아무런 말도 할 수가 없었다.

오랫동안 바라 왔기는 하나 뭔가 이것은 아닌 듯하기도 하고, 그러면서도 기분은 좋았다.

"휴우."

어느 순간, 김춘추가 리디아 황녀에게서 몸을 뗐다. 그러고는 긴 한숨을 쉬었다.

"왜……?"

리디아 황녀는 멍한 눈빛으로 김춘추를 바라보았다.

-독약은 제거됐어.

김춘추가 텔레파시로 말했다.

이곳은 황실 파티가 열리는 파티장의 발코니.

첩자의 꾐에 넘어간 것이 어디 안데센 백작가의 여식뿐일까. 남자의 뱀 같은 화술과 외모로 보아 꽤 많은 귀족가의 여식들을 농락했을 게 뻔하다.

그녀들 중 첩자가 원하는 대로 기꺼이 파티장에서 첩자의 눈과 귀가 되어 줄 여자는 많다.

-독약?

순간, 리디아 황녀는 당황했다.

김춘추가 갑작스럽게 키스를 한 이유가 독약이라니.

-케이트 공녀가 그간 옆에서 독약을 넣었어.

-…….

리디아 황녀는 몸이 무너질 것만 같았다.

현기증이 돌았다. 하지만 왜 현기증이 도는지, 그 이유가 무엇인지 알고 싶지 않았다.

갑작스럽게 몸 안에 있던 독약들이 빠져나가면서 몸의 밸런스가 다시 한 번 움직이느라 그랬을 것이다.

하지만 그녀는 다른 데서 그 이유를 찾고 있었다.

허무함.

김춘추의 키스가 주는 의미를 그녀는 다르게 해석하고 있었기 때문이다.

-두 사람은 벌써 황실 정원에서 나와 각자 떨어져 있어. 내가 첩자를 잡을 테니 황녀는 퍼거슨 씨와 함께 케이트 공녀를 잡아 둬.

-알았어요.

김춘추의 지시에 리디아 황녀는 간신히 고개를 끄덕였다.

그런 그녀의 마음을 아는지 모르는지, 김춘추는 황급히 발코니에서 사라졌다.

두 남녀가 사라지기 전에 데몬 자작가의 오렌을 확실하게 잡아 두어야 했다.

일은 조용히, 성공적으로 해결되었다.
김춘추가 파이온 제국의 첩자인 오렌을 잡는 것은 시간문제였다.
리디아 황녀도 일행을 앞세워 케이트를 잡아 심문했다. 처음에는 딱 잡아떼던 그녀도 오렌이 잡혔다는 소식을 듣고는 모든 것을 실토했다.

파이온 제국의 첩자, 오렌은 알고 보니 양자였다.
파이온 제국에 몰래 충성을 서약한 가문 중 하나에 데몬 자작가가 속해 있었다. 그 자작가의 양자로 오렌이 들어오는 것은 어렵지 않았다.
그 자신이 3서클의 마법사이기도 한 오렌은 자신의 능력을 이용하여 그간 파이온 제국에게 지그에논 제국에 일어나는 일들을 통신구로 몰래 보고해 왔다.
그 외에도 자신의 미모를 이용하여 여타 귀족가의 여식들에게 접근해서 귀족가의 비밀을 캐내는 등, 귀족들을 압박하고 파이온 제국에 충성 서약을 시켰다.
그러한 상황으로 보아서 지그에논 제국이 안에서부터 무너지는 것은 시간문제였다.

더구나 하늘이 도왔는지 4년간의 가뭄이 생겼다. 그러자 귀족들뿐만 아니라 백성들까지 황실을 욕하기 시작했다.

 황제를 벌하기 위해서 하늘이 지그에논 제국에게 가뭄을 준 것이라는 말도 안 되는 소문을 뿌리는 것도 잊지 않았다.

 모든 게 순조로웠다.

 리디아 황녀만 등장하지 않았으면.

 그런데 황녀가 등장했다. 그와 동시에 비가 내리기 시작했다. 일순 황녀는 제국의 여신이 되었다.

 게다가 곡물을 대량으로 풀기 시작했다.

 귀족들뿐만 아니라 백성들에게도 충분하게 풀었기 때문에 리디아의 인기는 날로 높아졌다.

 물론 오렌은 리디아 황녀의 뒤에 김춘추가 있다는 사실을 몰랐다.

 황녀가 어떻게 곡물을 가지고 왔는지 등 염탐을 하기 위해서 케이트를 황궁에 보냈다. 그사이 파이온 제국에서 황녀를 제거하라는 명령이 떨어졌고, 이미 들여보낸 케이트가 있기 때문에 일은 어렵지 않았다.

"다 되었는데."

 오렌은 분하다는 표정을 지으면서 김춘추를 노려보았다.

"그랬겠지."

 김춘추는 무덤덤한 표정으로 대꾸했다.

"어떻게 날 알아봤지?"

오렌은 김춘추에게 물었다.

정원에서 김춘추가 지나간 것은 모르지 않는다. 사람의 인기척이 나서 일부러 케이트를 더 자극했으니 말이다.

"운이 좋았지. 이상하더군. 두 남녀가 붙어 있는 꼴이."

김춘추는 그럴듯하게 갖다 붙였다.

제3의 눈으로 두 사람의 대화를 엿보았다고는 말할 수 없지 않은가.

더구나 두 사람의 밀회로 인해 김춘추 역시 자극을 받았다.

사실 리디아 황녀의 입술을 뺏지 않고도 독약을 제거할 방법은 있었다. 그런데 본능이 앞섰다.

방금 전 두 남녀의 밀회를 엿본 영향도 그 안에 없지 않을 것이다.

✧ ✧ ✧

"모두들 수고하셨습니다."

김춘추는 일행에게 진심으로 고개 숙여 감사 인사를 했다.

"네가 리디아 남편이라도 되냐? 대신 인사하게."

김한기가 옆에서 한마디 했다. 그리고 그의 면박에 김춘추가 뻘쭘한 표정으로 대꾸했다.

"내가 책임지고 벌인 일이잖아."

이 자리에 리디아 황녀는 없었다. 그녀는 지금 황제와 귀족들과 함께 첩자의 처리와 케이트 공녀에 대한 처분, 파이온 제국에 서약을 한 귀족들의 처분에 관한 중요한 회의를 하고 있기 때문이다.

당분간 정신없이 바쁘리라.

타국에 충성 서약을 한 귀족들은 당연히 그 지위를 박탈당하는 것은 물론이고 모든 영토와 재산이 몰수될 것이다. 다행히 처음 걱정했던 것보다 그 수는 많지 않았다.

문제는 귀족들의 여식들 중 오렌에게 정신을 빼앗긴 여성이 얼마나 되는지 알 수 없다는 점이었다.

케이트 공녀가 자신의 가문에 저지른 일을 보아서는 아마도 다른 귀족들의 여식들도 충분히 그럴 가능성이 있었다.

하지만 귀족들의 여식이라고 전부 모아서 다그치거나 심문할 수도 없는 노릇이었다. 귀족들의 여식이 모두 오렌에게 넘어갔다는 법도 없고.

"그 기생오라비처럼 생긴 외모가 여자들이 좋아하는 외모야?"

퍼거슨 씨가 궁금한 듯이 물었다.

"외모뿐 아니겠죠."

김춘추가 대꾸했다.

"그으럼?"

캘리 공녀가 짓궂은 표정을 지었다.

"그 자신이 마법사가 아닙니까? 아무래도 환각 마법도 이용하지 않았을 까 싶습니다."

"아, 그렇구나."

캘리 공녀는 뭔가 맥이 빠진다는 표정을 지었다.

저 남자, 이렇게 말하는데도 표정 하나 바꾸지 않아. 우리 황제보다 더 무심한 사내네.

"이제 우리는 뭐할까용?"

지그에논 제국의 일에 관심 없다는 듯이 아그레스가 물어 왔다.

자신이 인간 여자, 그것도 시녀의 복장으로 인간들에게 서빙을 한 것은 무척이나 즐거운 경험이었지만, 그렇다고 오래 기억될 경험 또한 아니었다. 더구나 생각보다 맹활약을 하지 못했다.

인간들의 마음속은 무척이나 복잡하다.

이런 생각, 저런 생각을 하는 듯하면서도 또 그 말을 뒤엎기도 하기 때문에.

생각들만 들어 봐서는 누가 배신자인지 아닌지 분간하기도 무척 어렵다. 거기다 사람들이 득실거리는 파티장이니 더욱 그럴 터였다.

그 바람에 김춘추가 먼저 일을 매듭지었다. 첩자를 잡아

버렸기 때문이다. 그로 인해서 파이온 제국에 서약을 한 귀족들 명단도 압수했으므로 이들 일행의 일은 사실상 종결이나 다름없었다.

"파이온 제국에 가 볼까 합니다."

김춘추가 대답했다.

"왜앵?"

"반지를 느꼈습니다."

"어떻겡?"

김춘추는 아그레스의 질문에 대답했다.

"파이온 제국의 첩자, 그자를 보는 순간 반지가 파이온 제국에 있을 것이란 생각이 들었습니다."

"반지가 부르는군."

퍼거슨 씨가 고개를 끄덕였다.

"내일 아침 리디아 황녀와 황제에게 정식으로 인사를 하고 떠나겠습니다. 함께 가실 겁니까?"

김춘추의 물음에 퍼거슨 씨가 신난 표정을 지으면서 대꾸했다.

"당연히 커크 상단이 함께해야지."

"물론."

캘리 공녀도 고개를 끄덕이면서 말했다.

다른 이들도 고개를 끄덕이는 것으로 수락의 의미를 전달했다.

어차피 이곳에 있어 봐야 골치 아픈 정치판만 주구장창 구경할 것이 뻔했기 때문이다.

"황녀가 아쉬워하겠네."

김한기가 중얼거렸다.

"바빠서 그럴 생각도 못할걸요?"

캘리 공녀가 새침하게 쏘아붙이듯이 김한기의 말에 대꾸했다.

"과연 그럴까?"

김한기가 알 듯 말 듯한 미소를 지었다.

"……"

김춘추는 말없이 잠시 생각에 잠겼다.

아무래도 내일 정식 인사만 하고 떠나기에는 황녀에게 못할 짓을 하는 것만 같아서였다.

그는 일행이 각자 자신의 침실로 들어간 것을 확인하고는 바로 리디아 황녀를 방문했다.

늦은 시각에 젊은 사내가 황녀의 침실을 방문한다는 것은 다소 껄끄러웠지만, 그래도 지금밖에는 딱히 시간이 없었다.

황녀도 방금 전 회의에서 막 돌아와 목욕을 마친 상태였다. 그만큼 그녀는 몹시 바쁜 하루를 보내고 있었다.

하지만 김춘추가 왔다는 말에 기꺼이 그의 알현을 받아주었다.

"안 그래도 찾아뵙고 싶었어요. 아버지도 그렇고, 모두가 오빠에게 진심으로 감사하고 있어요. 오빠가 아니었으면 저는……."

리디아 황녀는 그만 말을 잇지 못했다.

"운이 좋았어."

김춘추는 빙그레 웃었다.

하마터면 리디아 황녀를 눈앞에서 잃을 뻔했다. 그것만으로도 그의 가슴은 철렁했다.

그는 리디아 황녀의 얼굴에 손을 뻗었다. 황녀는 그의 손길을 내버려 두었다.

김춘추는 황녀의 얼굴을 어루만지면서 말을 이었다.

"다시는 이런 실수를 하지 않겠어."

"오빠의 실수가 아니에요. 아무도 몰랐는걸요. 그 독약이 파이온 제국에서도 무척 귀한 거래요."

"……."

"그러니 오빠의 실수가 절대 아니에요."

리디아 황녀는 김춘추가 자신에게 죄책감을 갖고 있는 것이 안타까웠다.

"아무래도 파이온 제국이 무언가가 손을 잡고 있는 것은 분명해요."

순간, 무언가 생각난 것처럼 그녀가 소리쳤다.

"왜 그런 생각을 하지?"

김춘추의 손은 이제 리디아 황녀의 얼굴에서 머리 쪽으로 옮겨 가서 머리카락만 가볍게 만지고 있었다.

"그 독약도 수상해요. 이곳 헬레니드 대륙에서는 구할 수 없는 것이에요. 그렇다는 것은······."

"흠, 사이온 대륙에서 넘어왔을 거란 뜻인가?"

"네. 아무래도 파이온 제국이 요 몇 년 사이에 루머스 제국을 위협하는 강국이 된 것도 뭔가 수상해요. 물론 단정할 수는 없지만."

리디아 황녀가 말꼬리를 흐렸다.

모든 것은 추정에 불과하다. 하지만 만약 파이온 제국이 사이온 대륙의 무언가, 혹은 누군가가 내통하고 있다면 이것은 큰 문제였다.

지금까지 헬레니드 대륙은 평화롭게 보였다.

루머스 제국과 파이온 제국이 알력 싸움을 하고 있기는 하나 큰 싸움으로는 번지지 않고 있었다.

하지만 지그에논 제국을 삼키려고 교묘한 수를 쓰던 파이온 제국이다.

파이온 제국이 그간 헬레니드 대륙의 다른 나라들에게 어떤 짓을 하고 있었는지 알 길은 없다.

오렌을 심문해서 첩자가 한둘이 아니라는 사실은 알아냈다. 물론 오렌이 쉽게 이 사실을 실토한 것은 아니다. 아그레스와 퍼거슨 씨의 도움이 있었다.

그러지 않고서는 오렌처럼 어렸을 때부터 길러진 첩자가 쉽게 입을 열 리가 없다.

이런 오렌 같은 첩자가 헬레니드 대륙에 퍼져 있다.

이것은 굉장히 중요한 문제였다.

지그에논 제국은 자국의 문제뿐 아니라 대륙 전역에 이 사실을 알려야 한다.

"알았어. 내일 반지를 찾으러 그곳에 가. 그때 알아볼게."

리디아 황녀의 말을 끝까지 듣고 난 뒤, 김춘추는 자신이 이곳에 온 진짜 목적을 말했다.

"내일? 내일 떠나시게요?"

리디아 황녀가 황망한 표정을 지었다.

이렇게 빨리 김춘추가 어딘가로 갈 것이란 생각을 하지 못한 것이다.

물론 반지를 찾아야 한다.

그렇지만……

"파이온 제국에 반지가 있는 것 같아."

"아, 그렇다면 빨리 가 보셔야겠네요."

리디아 황녀는 애써 슬픔을 참고 대답했다.

"응, 미안."

김춘추는 진심으로 리디아 황녀에게 미안했다.

지금 그녀가 안고 있는 책임과 의무감, 그것들이 얼마나 그녀의 어깨를 짓누르고 있는지 잘 알고 있었다.

그럼에도 불구하고 그는 떠나야 한다.

그 자신도 황녀 곁을 떠나기는 싫다. 그의 몸이 그렇게 말해 주고 있었다.

황녀에게 뻗은 그의 손길은 머리에서 멈추지 않고, 다시 얼굴 쪽으로 내려오기 시작했다.

"오빠가 다시 오기 전까지 이곳의 일을 마무리해 놓고 있을게요. 저도 지구로 데려가 주세요."

리디아 황녀가 애써 밝은 목소리로 말했다. 하지만 그녀의 가슴은 무척이나 떨렸다.

김춘추의 손길로 인해서 머릿속은 혼란스러웠다.

두근두근.

아까의 그 일이 단순히 독약을 없애는 것에만 의미가 있었을까?

리디아 황녀는 기대하는 눈빛으로 그를 바라보았다.

"반지를 찾고 꼭 다시 오실 거죠?"

"시간만 맞으면."

김춘추가 다정하게 웃었다.

"오빠는 파이온 제국에서 금방 반지를 찾을 거예요."

"파이온 제국이 뒤에서 더러운 짓을 하는지도 알아봐 주기로 하지 않았나?"

김춘추가 리디아 황녀를 놀리듯이 말했다.

"아, 그것도 있구나."

리디아 황녀는 순간 절망적이 되었다. 김춘추의 할 일이 너무도 많았기 때문이다.

이제 25일밖에 남지 않았는데.

"이걸 할 시간은 있어."

그렇게 말하면서 김춘추는 리디아 황녀의 허리를 와락 안았다. 그러고는 다시 한 번 그녀의 입술에 자신의 입술을 포갰다.

리디아 황녀 역시 김춘추의 입길을 거부하지 않았다. 오히려 그의 목에 자신의 팔을 둘렀다.

두 사람의 입술은 한동안 서로 떨어질 줄을 몰랐다.

덜커덕덜커덕.

4마리의 말이 끄는 사륜마차가 지그에논 제국을 떠나 움직이기 시작했다.

"이거 답답해서 못살겠군."

투덜거리는 김한기를 김춘추가 달랬다.

"곧 한적한 곳이 나오니까, 그때 움직이자."

"이것도 나름 재밌는데."

퍼거슨 씨가 창밖을 보면서 말했다.

인간들의 이런 아기자기한 이동 수단이 그에게는 꽤나 귀엽게 느껴지는 것 같았다.

폴리모프한 동안에는 인간들의 삶을 실컷 체험하리라 다짐한 그였다.

하지만 김춘추를 위해서라도 계속해서 마차를 타는 시늉을 할 수는 없었다.

한적한 곳에 도착하자 일행은 말과 마차, 마부를 되돌려 보냈다.

"이제 우리 파이온 제국으로 갈까용?"

아그레스가 신난 표정을 지었다. 자신이 나설 차례였기 때문이다.

평소 대마법사가 공간 이동 마법을 펼쳐도 드래곤들은 꼼짝도 하지 않았다.

그런데 이번에는 김춘추를 위해서 아그레스가 자진해서 마법을 사용해 주었다. 반지를 찾는 일에는 무조건 협조를 한다는 이상한 명분하에 말이다.

그렇게 아그레스 덕분에 이들은 쉽게 파이온 제국의 수도로 들어올 수가 있었다.

김춘추와 일행은 다시 그곳에서 마차와 말을 샀다. 커크 상단으로 위장하기 위해서였다.

현재로서는 그들의 일은 수월하게 진행되고 있었다.

◈ ◈ ◈

파이온 제국, 황태자 전용의 알현실.

이제 막 20대가 된 제3황자인 알버트는 알현실을 서성이며 안절부절못했다.

"보고 들었습니다."

그때, 어디선가 차가운 목소리가 들려왔다.

"혀, 형님."

알버트 황자는 목소리가 나는 곳으로 시선을 돌렸다. 그의 얼굴은 백짓장보다 새하얗게 변해 있었다.

지그문트 황태자.

33살이라고 하기에는 20대인 알버트 황자보다 더 어려 보이는 외모에 화려한 금발의 머리카락을 가지고 있었다. 그 까닭에 파이온 제국뿐 아니라 헬레니드 대륙의 귀족이나 왕족가의 여식이라면 누구나 지그문트 황태자의 아내 자리를 꿈꿨다.

"실패했다지?"

"죄송합니다."

"지그에논은 자신 있다면서?"

지그문트 황태자의 목소리는 냉랭하기 이를 데 없었다.

평소 그를 잘 아는 주변 사람들이 이 광경을 본다면 깜짝 놀랄 터였다. 항상 부드럽고 다정하며 동생들뿐만 아니라 백성들에게도 친절한 황태자였기 때문이다.

그런 그가 지금은 냉혈한의 모습을 하고 서 있었다.

하지만 알버트 황자는 지그문트 황태자가 얼마나 무서운지 잘 알았다.

한때는 그도 지그문트 황태자의 본성을 몰랐다. 마음 여린 황태자 대신 자신이 그 자리를 오를 수 있을 거라는 꿈도 꿨다.

하나 그날 밤 이후, 그는 지그문트 황태자의 위치를 넘보지 않게 되었다.

철저하게 황태자의 종이 된 것이다.

"면목 없습니다."

"자결해."

"네? 형님, 제발 그것만은……."

알버트 황자가 벌벌 떨면서 사정했다.

"퉷."

지그문트 황태자는 그런 알버트 황자의 얼굴에 침을 뱉었다.

"제발 살려 주십시오."

자신에게 침을 뱉는데도 아랑곳 않고, 알버트 황자는 아예 무릎을 꿇고 지그문트 황태자의 발목을 잡았다.

그에게 있어 침 따위는 전혀 수치스러운 것이 아니었다. 지그문트 황태자가 방금 던진 자결하라는 말은 그냥 던진 게 아니란 것을 잘 알고 있었기 때문이다.

"흠, 운이 좋군."

문득 지그문트 황태자가 알버트 황자를 지그시 바라보면서 중얼거렸다.

순간 알버트 황자는 자신이 살았음을 직감했다.

"지그에논 제국에 청혼을 넣기로 하지. 그 리디아인지 뭔지 하는 계집애와 결혼해."

"알, 알겠습니다."

알버트 황자는 고개를 푹 숙였다.

머릿속에 자신의 정혼녀가 떠오르지 않는 것은 아니었지만, 지그문트 황태자의 명령보다 더 중요한 것은 없었다.

"됐어. 나가 봐."

지그문트 황태자는 알버트 황자를 벌레 보듯이 처다보았다. 각 나라에 보낸 첩자들 중 지그에논 제국의 첩자 오렌은 알버트 황자가 관리하는 자였다.

알버트 황자가 나가는 모습도 보지 않고, 지그문트 황태자는 창문 쪽으로 시선을 돌렸다.

"리디아라. 어디, 그 계집이 얼마나 대단한지 볼까."

꾸욱.

황태자의 두 주먹이 불끈 쥐어졌다.

그는 지그에논 제국에서 자신들이 보낸 첩자가 발각된 것을 순전히 리디아 황녀 때문으로 알고 있었다. 케이트라는 귀족가의 여식이 독을 타다가 정체가 드러나고, 그로 인해서 오렌이 발각된 줄로만 안 것이다. 그 덕에 김춘추에 대해서는 까맣게 모르고 있었다.

"그 계집을 반드시 이 손으로 찢어 버리고 말겠어."

그렇게 중얼거리면서 지그문트 황태자는 새장 쪽으로 향했다. 그리고 거침없이 새장 안에 들어 있는 새 한 마리를 꺼내 두 손으로 갈기갈기 찢어 댔다.

쪼옥.

"맛있군."

지그문트 황태자는 피가 묻은 자신의 손가락을 입에 가져가서 빨아 댔다.

그의 눈이 순간 황금빛에서 붉게 물들었다.

8권에 계속

몬스터와의 전쟁에서 살아남은 최후의 1인.
마지막이라 생각한 죽음의 끝자락에서
정신을 차린 그는 과거로 왔음을 깨닫는데!
강치환, 세상의 끝에서 귀환한
절대자의 행보를 지켜보라!

1~2권 절찬 판매 중!!

www.mayabook.co.kr

www.mayabook.co.kr